AF445007

# LA DOBLE VIDA (Y MUERTE) DE CELIA SALOMI

José R. Borlado

*Para los lectores primeros, ésos que me vieron crecer.*

*No confíes en lo que ves, incluso la sal se ve como el azúcar.*
**Anónimo**


*Nada podrá descubrir quien pretenda negar lo inexplicable. La realidad es un pozo de enigmas.*
**Carmen Martín Gaite**

# CAPITULO I

*Marzo de 1982*

Permítame asegurarle, doctor, que recuerdo con claridad el día en que conocí a Celia. Es imposible de olvidar. Y era una niña, debe creerme, una criatura inocente que apenas levantaba unos palmos del suelo y que jugueteaba con todo, que bullía de vida, como si formara parte de la naturaleza que la rodeaba.

Por supuesto que en ese momento no podía saberlo, pero aquella chiquilla que no aparentaba más de ocho o nueve años le iba a dar un vuelco a mi existencia como un terremoto. Lo que sucedió después, mientras ella entraba y salía de mi vida, sé que le costará aceptarlo. Aunque, le garantizo, es mucho más difícil de explicar.

No estoy acostumbrado a relatar de forma escrita, así que ruego disculpe mis deslices ortográficos. Y, para evitar errores cronológicos, comenzaré por el principio.

El primer encuentro con Celia tuvo lugar en el comienzo de un fin de semana de marzo. Había planeado dedicármelo en su totalidad. Algo excepcional en mí, que solo vivía para el trabajo, enfrascado en una escalada sin descanso hacia el éxito profesional y económico. La mañana de sábado resplandecía como un anuncio de la primavera que ya planeaba sobre Madrid, aunque había llovido de forma torrencial la noche anterior.

Corría yo ese día por los senderos del parque del Buen Retiro. Imagino que lo conocerá. Bueno, todo el mundo lo conoce, ¿no? Sentía el frescor del aire mientras corría sorteando robles y cipreses, regateando arces y abedules, y aspirando el limpio aroma de la tierra mojada y de la madera de pino recién lavada. Serían unos minutos después de las ocho de la mañana, lo sé porque las puertas del parque las abren a esa hora y ya estaban abiertas cuando llegué a la que permite entrar desde la Puerta de Alcalá. Solía correr el sábado muy temprano, antes de enfrascarme en las tareas del fin de semana. Lo hacía siempre en los alrededores de mi casa, sin alejarme demasiado para evitar perder más tiempo del necesario. Aquel sábado tocaba un escenario novedoso. Unos días antes me había trasladado a un espacioso ático de la calle *Alfonso XII*, paralela a la valla oeste del gran parque, y estrenaba al trote mi nuevo vecindario.

Amaba aquellas dos o tres horas de carrera. Eran momentos de silencio interior en el que solo se oía el ritmo de mi respiración bajo la capucha del chándal. Una música que serenaba mi espíritu. Solían ser las únicas horas semanales que podía dedicarme a mí mismo. Me ayudaba, por otro lado, a repasar la semana de trabajo recién concluida o a planificar la siguiente. Aquella mañana no tenía grandes asuntos de qué ocuparme y los pensamientos me llevaban a analizar una vez más, el orgullo a flor de piel, mi carrera profesional.

Acababa de cumplir treinta años; ejercía un puesto ejecutivo en una multinacional alemana; disfrutaba de un salario de muchos ceros y conducía un deportivo de exposición. Y, como colofón, había conseguido el ático con el que soñaba desde que era un niño. O, debería decir, con *el que mi padre había soñado*. Aquella lujosa residencia en la orilla del parque madrileño era la que mi progenitor señalaba cuando paseábamos por sus inmediaciones, la familia en pleno. «Algún día será nuestra —solía decir— y desde la terraza veremos amanecer por encima de la copa de los árboles». Eran domingos de chocolate con churros, sonrisas y paseos matutinos hasta la hora de comer. Mis dos hermanas reían y corrían de un lado para el otro mientras mi padre les advertía que no debían salirse de la acera y yo, el pequeño de la casa, me afanaba para que no se me escurriera la mano de mi madre.

«Ahora veo los amaneceres con los que soñabas, papá», susurraba cada vez que subía en el ascensor hasta la séptima planta. Lamentaba que él no hubiera podido compartirlo conmigo, aunque mamá era testigo de mi conquista y sospechaba que, debido a su delicada salud, pronto se uniría con él y le relataría los éxitos de su hijo menor. Sí, el gran ático por el que suspiraba mi querido viejo ahora era mío. O, al menos, me pertenecería por un mes más cada vez que pagaba su abultado alquiler.

Nada de esto era gratuito, sin embargo. A cambio, había perdido parte de mi vida, si no toda, aunque eso entonces no me importara. «Has hecho un pacto con el diablo, y al final lo pagarás», me repetía Julia, mi hermana mayor. Yo me burlaba de ella, aun sabiendo que en el fondo tenía razón. Trabajaba catorce horas al día, quedaba con mis amigos cada vez más de tarde en tarde y los fines de semana me veía forzado a realizar horas extra para tener mis obligaciones al día. Era lo que ahora llaman un *workaholic*, un adicto al trabajo.

Me hallaba ensimismado en estos pensamientos, y por ello no vi a Celia de forma consciente. Pasé por su lado a la carrera, pero fue unos metros después cuando me percaté de su presencia. Y me sorprendió porque su imagen no tenía sentido en ese lugar y en ese momento. Ofrecía la niña una estampa antigua, como de otra época, y pestañeé extrañado.

¿Cómo podría describirla? Digamos que la pequeña aparentaba ocho o nueve años y vestía siguiendo una moda añeja, como salida de un cuadro antiguo. Lucía un vestido de princesita de cuento, de muselina blanca como la seda y todos esos encajes y puntillas que solo se ven en las fotos sepia. Vestido de domingo de las niñas bien de algún siglo anterior. Su cabello, dorado como solo una niña puede tenerlo, lo llevaba peinado con tirabuzones y rematado por una diadema blanca a juego con el vestido. La chiquilla saboreaba una piruleta al tiempo que jugaba con las piernas que le colgaban del banco donde se encontraba sentada, decorando el paseo que bordea el lago del parque. Y estaba sola.

¡Estaba sola!

Fue este detalle el que disparó una alarma en mi cerebro y detuvo mi carrera.

Se hallaba el parque desierto a aquellas horas, como era de esperar. Demasiado temprano para que empezaran a llegar los paseantes que lo invadirían durante el resto del día. La fauna típica de sábado que cambiaría el semblante de sus rincones durante la jornada. ¿Qué podía hacer allí una chiquilla sola?

Volví sobre mis pasos mientras buscaba alrededor una señal de personas adultas que estuvieran con la pequeña. Pero no divisé a nadie. No se veía tan siquiera la sombra de algún madrugador jardinero o un adormilado vigilante de noche terminando su turno.

Decidí dirigirme hacia ella y preguntarle, tal vez se había perdido y necesitaba ayuda. No lo parecía, por otro lado. Sus gestos mostraban una tranquilidad ingenua mientras con las piernecitas golpeaba una invisible pelota. Al acercarme fijó en mí sus expresivos ojos azules —de un azul tan oscuro que parecían dibujados—

y me sonrió con familiaridad. A punto estuve de abandonar mi empeño. El escalofrío que recorrió mi espalda encerraba recuerdos de niñas terroríficas sacadas del celuloide. «Venga, Alex, déjate de disparates, has visto demasiada televisión», pensé para infundirme valor.

—¡Hola, señor! —me dijo la chiquilla con voz cantarina al verme llegar.

—Hola, pequeña —respondí—. ¿Estás sola?

—No, ya no, ahora estoy contigo —replicó con una sonrisa angelical.

No me gustó aquella respuesta. Había sido muy adulta y un tanto irónica. Parecía una niña demasiado descarada para su edad, ese tipo de niñas resabidillas que pueden desarmarte si no estás acostumbrado a tratarlas. Y yo no era un experto en estas lides, precisamente.

—Me refiero a si estás con tus papás o algún familiar —repuse incómodo—. ¿Te has perdido?

—No, estoy aquí jugando. La verdad es que un poco aburrida hasta que has llegado tú.

—¿Cómo te llamas? —Intenté llevarla a mi terreno. Al fin y al cabo, yo era el adulto, me sentía en la obligación de tomar el control de la situación.

—Me llamo Celia. —Volvió a sonreír con inocencia—. Es un nombre muy feo, ¿a que sí? Pero mi madre dice que no puedo cambiarlo, vaya rollo. ¿A que a ti tampoco te gusta?

Decidí seguirle la corriente, mientras de reojo proseguía la búsqueda de personas mayores.

—¿Feo? Ni mucho menos —respondí—. A mí me parece muy bonito.

—¿Bromeas? —dijo dando una pataleta al aire y poniendo morritos de disgusto—. ¡Pero si es un nombre de vieja! Mi tía se llama así y tiene por lo menos, por lo menos, cuarenta años. O cuarenta y uno, ya no me acuerdo.

Carraspeé dudando, buscaba la siguiente frase. Éstas no fluían de forma natural y tenía que obligarme a avanzar paso a paso, tal y como hacía a menudo en el trabajo.

—¿Vives por aquí? —Intenté cambiar de tema sin que se notara demasiado. No tuve éxito, sin embargo.

—No me has dicho como te llamas, ¿no tienes nombre o es que no quieres decírmelo? —Saltó del banco y se puso a corretear a mi alrededor—. Espera, no me lo digas, deja que lo adivine. Seguro que te llamas... ¡Manuel! ¿A que sí?

—No, pero...

—Espera, espera... ¡Ya lo sé! Te llamas Francisco, como mi hermano mayor.

Estaba claro que la cría no iba a detenerse hasta adivinar mi nombre, así que preferí decírselo, esperando que dejara de correr.

—Me llamo Alex —dije con un suspiro.

—¿Alex? Qué raro, no conozco a ningún Alex... —Se detuvo y reflexionó con una mano en la barbilla.

—Viene de Alejandro.

—¡Ah, claro! —Abrió los brazos en señal de entendimiento—. A un Alejandro sí que conozco. Es mi primo de Francia. Casi nunca le veo porque vive muy lejos, pero a veces viene a casa y jugamos todo el rato. Ya verás cuando se entere de que conozco a otro que se llama como él, se va a poner amarillo de la envidia.

La niña cada vez se dispersaba más y no conseguía hacerme con ella. «Te falta experiencia, los niños no son fáciles, pero se les acaba cogiendo el tranquillo. Siempre que te gusten, claro», recordé la cantinela de Julia, la experta de la familia, gracias a sus cuatro hijos, dos hijas y su titulación de profesora de educación infantil. Puede que fuera verdad, me faltaba experiencia. Pero no quería ganarla en este campo pues mi paciencia solía agotarse a toda velocidad.

—Pero, a ver, Celia. ¿Puedes parar un segundo y decirme dónde vives? —Me sorprendió la subida de mi tono, así que me mordí el labio para moderarlo—. ¿Te has perdido? ¿Quieres que te lleve a casa?

—No estoy perdida, Alex —contestó con cara de no haber roto un plato—. Estaba esperándote…

El estómago me hizo una pirueta y una lombriz lo recorrió provocándome un escalofrío. Una cría a la que acababa de conocer como salida de *Alicia en el país de las maravillas* decía que me esperaba con una naturalidad como si me conociera de siempre. Era demasiado. Sobresalió mi absoluta aversión hacia los niños, tema favorito de mi madre con la complicidad de Julia, en las escasas ocasiones en que nos juntábamos la familia en pleno. Me acusaban de tener poca tolerancia con sus hijos, seis terremotos que amenazaban con romperme algún hueso jugando a sus insufribles juegos. «Algún día tendrás tus propios enanos y te darás cuenta de lo que te has perdido», solían decir para infundirme paciencia. Pero las posibilidades de que eso ocurriera en el medio plazo eran ínfimas. Mis relaciones con el otro sexo eran escuetas y no pasaba de dos o tres citas por chica en el mejor de los casos. Además, para decidirme a tener hijos, primero tendrían que inventar un botón para apagar y encender a los malditos diablillos.

Miré a la niña con ojo avieso. Tenía pintada la cara del rosa del caramelo que sostenía con una mano, mientras con la otra me daba golpes al grito de «la ligas» cada vez que pasaba por mi lado en su carrera entre el banco y mi persona. Sopesé las opciones de que disponía en vista de que seguía sin aparecer ningún adulto.

La primera consistía en volver a casa y llamar a la policía. La alternativa no me convenció. Si dejaba sola a la pequeña corría el peligro de que algo le ocurriera en mi ausencia. Tampoco parecía una opción llevarla conmigo. Podría ser acusado de raptarla si aparecían sus padres y no la encontraban. No, la situación no era fácil, certifiqué para mis adentros.

Después de darle vueltas, decidí quedarme a su lado a la espera de que alguien más apareciera por el parque. Compartir el problema supondría rebajarlo de nivel. Entre dos, al menos uno podría buscar apoyo mientras el otro acompañaba a la niña.

—¿Por qué no jugamos a algo? —Celia interrumpió mis pensamientos con un tirón de mi sudadera—. ¿Sabes jugar al pilla pilla?

—¿Pilla qué...? —contesté apabullado —. ¿Es que no conoces algún juego en que no haya que correr?

—¡Ya sé! —dijo trotando hacia el borde del lago—. Podemos jugar a marineros.

—Por Dios, Celia, no corras, puedes caerte al agua. ¡No te subas a la barandilla!

Salí a la carrera y no paré hasta que estuve a la distancia justa para sujetarla si realizaba algún movimiento brusco con peligro de caer al agua. Para mi tranquilidad, se detuvo a tiempo y apuntó hacia las barcas vacías, que permanecían silenciosas sobre un costado del lago en apacible espera.

—Venga, hacemos que yo era la capitana de un galeón. Tú eras el segundo de abordo.

—¿Segundo de abordo? —las ocurrencias de la chiquilla me hacían sonreír a mi pesar.

—Sí, la mano derecha del capitán. ¿Es que no ves películas de barcos? —respondió con soltura—. Éramos piratas, así que tenía que faltarnos algo. A ver...

—¿Por qué tenía que faltarnos algo? No lo entiendo.

—Jolín, Alex, no sabes nada. A los piratas siempre les apuñalan en las batallas. Lo he leído en un libro. —Abría y cerraba los ojos a una velocidad endiablada mientras me explicaba todo eso que yo ignoraba y en lo que al parecer ella era una experta. Era inevitable no sentir ternura por aquella chiquilla, observé muy a mi pesar—. A unos les falta una pierna y les ponen una de palo. Otros llevan un parche en la cara porque se han quedado tuertos.

—Vale, de acuerdo... —dije resignado—. Pues a mí me faltaba un ojo. Puedo ponerme un parche, ¿qué te parece?

Me acomodé la cinta que utilizaba para detener la caída del sudor sobre la cara y la miré con el ojo libre.

—¡Genial!

Jugamos durante media hora a todos los juegos posibles. Celia era un terremoto que habría dejado en pañales a los hijos de mi hermana. Aparte de inquieta e imaginativa, no era capaz de mantener la atención en una actividad más de tres minutos. Enseguida se aburría e inventaba una nueva. Su repertorio no tenía fin. Era como una metralleta que disparara travesuras. Y yo corría tras ella temiendo que en un descuido cayera al lago. Por alguna razón había empezado a sentirme responsable de la seguridad de la pequeña. De vez en cuando oteaba a mi alrededor. Pero seguía sin aparecer nadie.

Parecía que el tiempo se hubiera detenido en un instante en el que solo Celia y yo existiéramos.

Apunté mentalmente esta frase, seguro que María, la segunda de los tres, sabría aprovecharla. Soltera y sin otro compromiso que el de escribir una novela que siempre tenía a medias, era más parecida a mí en cuestión de criaturas de estatura inferior a un metro. Sin ser tan alérgica como yo a los pequeños monstruos, no mostraba ninguna intención de traer mocosos al mundo.

—¡Espera, Alex, he tenido otra idea! —gritó Celia, trayéndome de vuelta a la realidad.

Con esta sentencia cambiaba de tercio. Daba carpetazo al juego anterior y arrancaba uno nuevo. Y cada vez los imaginaba de un trajín mayor, para mi pesar. Presumía de estar en buena forma, pero tenía que reconocer que perseguir a aquella niña era un pasatiempo agotador.

—Quieta un segundo, Celia, ¡por favor! —dije jadeando. Me puse en cuclillas e intenté recobrar el resuello.

—¿Qué te pasa? No me dirás que estás cansado. —Se puso en jarras con gesto enfurruñado. Tuve que aguantar la risa. Aquel gesto no era propio de una niña. Celia era como una mujer adulta con cuerpo de fierecilla—. Pues aguantas menos que mi abuela. ¡Ella sí que sabe jugar!

Sentí compasión por la pobre viejilla. Aunque, si seguía viva, quizá se lo debía al deporte que la nieta le obligaba a practicar.

—¿Por qué no nos sentamos y jugamos a algo más tranquilo? —dije, rogando al cielo que aceptara mi propuesta.

—Pero eso es muy aburrido.

—No, te lo prometo. Conozco un juego que te va a gustar —improvisé.

—Jolines, no quieres jugar conmigo, eso es lo que pasa.

—De veras que sí. —Me senté en un banco a la sombra y le tendí una mano para que se acercara—. Mira, el juego se llama...

—Veo-veo, ¿a que sí? Vaya rollo...

La chiquilla era más rápida que yo hasta en el pensamiento. Me había captado la idea antes de pronunciarla, así que tuve que innovar. Al menos en eso era bueno, mi éxito profesional dependía de ello.

—De eso nada, señorita —dije despacio para ganar tiempo—. Es un juego en el que uno cuenta una historia y el otro... ¡tiene que adivinar el final!

—¡Qué buena idea! ¡Me gusta! —Palmoteó y corrió a sentarse junto a mí.

Se empeñó en empezar la primera con una de las historias que le contaba su abuela antes de dormir. Me alegré de ello, pues ya me veía contando alguna historia de abogados que no creía pudiera ser de su gusto, precisamente.

Terminó su primera historia, a la que mi final ni se acercó al auténtico. Uno a cero, dijo mordiéndose el labio. Me tocó el turno. Mientras trataba de inventar un cuento, Celia me sorprendió con una pregunta.

—Oye, Alex, ¿tú tienes hijos?

—¿Hijos? —Me sentí tan descolocado que casi me caigo del banco.

—Sí, h-i-j-o-s —deletreó la palabra aleteando con los brazos como una mariposa y riendo entre dientes.

—Pues... —no sabía qué responder, la pregunta me había pillado por sorpresa—. No... no tengo hijos.

—¿Ni hijas?

—Tampoco.

—¿Y por qué no? ¿No te gustan los niños?

Me sentí cogido en falta, como cuando en el colegio te preguntaban la lección justo el día en que no habías estudiado, por mucho que te escondieras tras el compañero de delante. Mientras me rehacía, empecé a creer en la magia de los chiquillos. ¿Era capaz de leer el pensamiento aquella muñequita?

—No, no es por eso. Es porque... —planeé una buena respuesta, si se lo ponía fácil la siguiente pregunta subiría de nivel y el asunto se complicaría—. Porque no estoy casado. Si no estás casado no puedes tener hijos. Lo sabes, ¿no?

—Pues claro que lo sé —dijo burlona—. Ya no soy una niña.

—Ah, perdone usted, señorita.

Lanzó una carcajada y pensé que allí acabaría el asunto, pero...

—¿Tampoco tienes novia? —espetó.

—Pues... eh... no, tampoco...

De pronto vi que se movía alguien al otro lado del lago, cerca del Mirador de Alfonso XII. Me puse en pie e hice visera con la mano para evitar el reflejo del sol. Adiviné la figura de un operario del parque, aunque la distancia me impedía estar seguro. Vestía un mono de trabajo y se agachaba y levantaba recogiendo algo del suelo, hojas caídas tal vez.

—Jolín, Alex, ¿por qué no me haces caso? —Se enfurruñó al ver que desviaba la atención de su personita.

—Espera, Celia, creo que he visto a alguien.

—¿Alguien? ¿No será un duende? Mi abuelo dice que los duendes y los gnomos viven en este parque. Aunque solo salen por la noche.

Su ocurrencia volvió a estimular mi ternura, aunque en aquel momento solo pensaba en una cosa: acabar con un embrollo que no había buscado.

—Dame la mano, tenemos que darnos prisa. —Le tendí una mano para coger la suya, pero se escabulló dando un paso atrás al tiempo que escondía ambos brazos a su espalda.

—Es que... me acabo de acordar de que no puedo

quedarme —dijo vacilante y con claros signos de estar inventando una excusa—. Me gustaría pasar el día entero jugando aquí contigo, pero no puedo. Se me ha hecho tarde y tengo que marcharme.

La miré extrañado.

—¿Marcharte? ¿Adónde? ¿Han venido tus padres? —pregunté inquieto echando un vistazo por encima de mi hombro.

—Tengo que volver a casa, es la hora... —respondió—. Aunque podemos vernos otro día si quieres, te lo prometo.

—¿La hora...? —La palabra «Cenicienta» revoloteó en mi cabeza.

—Sí, la hora de volver a casa, ya sabes... —Repitió la excusa—. Si vuelvo muy tarde, me castigarán.

—Está bien. —Suspiré aliviado. Así que la niña tenía casa y parecía saber cómo llegar a ella. Vi una salida al mal rato que me había hecho pasar y me relajé—. Vamos, te acompaño.

—¡No! Quiero decir... No puedes venir conmigo, lo siento. Pero otro día jugaremos como hoy, ¿vale? —Hablaba con voz infantil, pero como una persona adulta, y me miraba con los ojos húmedos. Una humedad que parecía fuera de lugar después de la alegría que había mostrado en el tiempo que llevábamos juntos

—Está bien, no te preocupes —respondí—. Te prometo que no te seguiré.

—Alex, una cosa más —Se retorcía las manitas intentando decir algo que parecía costarle expresar—. ¿Me... esperarás?

—¿Esperarte? —Fue una pregunta retórica. En realidad, no hice mucho caso porque no parecía tener sentido.

No tardé en arrepentirme.

Volví la vista hacia el jardinero del otro lado del parque. Se alejaba con una bolsa de plástico en una mano y un utensilio alargado en la otra. Me alegré de no echarle de menos. Ya no lo necesitaría. Estoy seguro de no haber empleado más de unos segundos antes de girar de nuevo la cabeza hacia la pequeña.

Pero ella ya no estaba.

Sentí una fría punzada en la espalda y presentí que algo malo había ocurrido. Me acerqué al lago, no me perdonaría si al final Celia había caído al agua como había temido todo el tiempo. Al comprobar que no era así, me introduje entre los árboles y miré por todas partes. Tal vez se habría escondido entre los pinos centenarios, su grosor podría cubrir a varias niñas como ella sin ningún problema. Nada. Me disponía a vocear su nombre, pero desistí. Corrí de aquí para allá durante varios minutos. Pero Celia se había esfumado. Parecía que se la hubiera tragado la tierra.

Me senté en el banco en que la había encontrado una hora antes e intenté tranquilizarme. «Tal vez vuelva», pensé. Miré los restos de la piruleta abandonada mientras recapacitaba sobre lo extraño que era todo en aquella chiquilla. Era una muñequita, pero se comportaba y hablaba como una persona mayor. No acertaba a explicarme la presencia de una niña tan peculiar en aquel entorno y a aquella hora, sin contar con la extraña desaparición.

La busqué entre mis recuerdos. La cría parecía reconocerme. O esa sensación daba por su familiaridad. «Estaba esperándote», había dicho. Tal vez yo también la conocía, aunque no conseguía localizar su rostro en mi memoria. ¿Se trataba quizá de una vecina de mi nueva casa? ¿Tal vez la hija de algún conocido? Todo eran conjeturas sin respuesta.

Por otro lado, tuve que aceptar que la pequeña había tocado alguna fibra en mi interior. Yo, que detestaba todo lo que sonaba a infantil, no dejaba de darle vueltas a aquella idea. Era pueril, ¡yo odiaba a los pequeños diablillos! Pero tenía que reconocer que la pícara sonrisa de aquella renacuaja y el brillo de sus grandes ojos me habían cautivado.

Cuando al cabo de una hora acepté que Celia ya no volvería, decidí olvidar el incidente y reiniciar el ejercicio. Estaba seguro de que era la única manera de que mis pulsaciones retornaran a unos niveles normales. El cielo había cambiado de color. Comenzaba a llover y agradecí la frescura del agua sobre mi cabeza.

# CAPÍTULO II

*Septiembre de 1982*

Mi segundo encuentro con Celia se produjo pocos meses después.

Se puede decir que había olvidado la existencia de la pequeña. Y, cuando volví a tropezarme con ella sin esperarlo, me invadió el estupor por su... digamos, *metamorfosis*. En condiciones diferentes, podría haber devuelto algo de alegría a mi vida, algo del buen sabor de boca que había dejado en mí nuestro primer encuentro. Muy al contrario, éste alimentó el sentimiento de zozobra en que me hallaba sumergido por esa época. Pasaba una mala racha en el trabajo y lo que menos necesitaba era añadir a mi vida otro motivo de desasosiego.

Atravesaba una crisis de ansiedad por un fracaso profesional que me había acarreado serios problemas con la dirección de la empresa. Llegaron a amenazarme con el despido y eso dañó gravemente mi autoestima. Era el momento de disminuir las revoluciones, así que rebajé las catorce horas de cada jornada a tan solo diez. Aproveché, igualmente, para tomar unas cortas vacaciones, las primeras en tres años. Y, lo más importante, acudí a un psicólogo de forma periódica. Éste me recomendó respirar aire puro a diario, incrementar el ejercicio físico y dejar el coche aparcado. Llevaba varios meses con mis sábados de *running* abandonados y me recomendó que volviera a ellos. Por otro lado, podía ir al trabajo andando, sugirió, aprovechando que de mi casa al despacho había solo quince minutos.

Aún con esfuerzo seguí sus instrucciones. Me costó aparcar *sine die* mi deportivo, del que había hecho seña de identidad. Caminaba cada día entre el ático y el despacho. Por las tardes, me escapaba en cuanto podía y dedicaba el tiempo extra a respirar el poco aire puro que tenía a mi alcance. El del gran parque madrileño. No era mucho, pensaba, pero mejor eso que nada.

El segundo encuentro del que le hablo ocurrió en el mismo escenario. Al igual que la primera vez, grabé en mi memoria al detalle todo lo acontecido. Era la tarde de un viernes luminoso que anunciaba un fin de semana perfecto para la tregua laboral. La temporada veraniega entraba en su recta final, pero los días eran aún largos y llamaban a ser disfrutados minuto a minuto. Caminaba despacio por los paseos del parque, que rebosaban de gentes con todos los acentos imaginables, cuando observé una cara conocida.

No fue en el mismo punto de la primera vez, aunque se hallaba tan cerca que el encuentro parecía preparado. Al descubrirla entre el gentío, sentí que el corazón me daba un vuelco. No, no era la niña Celia de unos meses atrás. Era obvio. Pero el parecido era increíble. Se trataba de una jovencita de unos quince años. Lucía un uniforme colegial propio de su edad. Un poco pasado de moda, pensé al principio. *Muy* pasado de moda, confirmé al acercarme. Quizá de primeros de siglo, concluí, por el recuerdo de alguna película de época. Estaba sola y jugaba a rayuela sobre un monigote pintado en la arena. *Rayuela*, otro juego anticuado, me dije. Todo en aquella niña quedaba anacrónico, al igual que con la pequeña Celia.

Mi curiosidad crecía a medida que me acercaba. No

podía tratarse de la misma niña, pero por el parecido supuse que tal vez era una hermana. Quizá una prima. Pero no mucho más allá, estaba seguro. No tenía nada mejor que hacer, por lo que decidí salir de dudas preguntándole. Titubeé ante el inicio de una conversación con una adolescente desconocida. Mi afición por los niños no había mejorado en los últimos meses. Y en este caso había que añadir una pubertad seguramente belicosa. O, al menos, ésa sería la opinión de Julia. Sentí algo de pudor —mucho pudor, a decir verdad— pero me las arreglé para infundirme coraje.

—Oye, niña... —dije lo primero que se me ocurrió.

No tardé en darme cuenta de que había empezado con mal pie.

—Oiga, señor, no soy una niña —Se volvió enfurruñada. Sin embargo, algo la hizo cambiar de repente. Al verme, su gesto mudó y la dulzura de la pequeña que recordaba apareció en su rostro—. Ah... ¡hola!

Me quedé sin palabras por un instante. La garganta se me había secado de golpe. ¿Había sido aquel un «hola» de reconocimiento o solo lo imaginaba? Me rehíce lo más aprisa que pude y volví a hablar.

—Perdona, está claro que ya eres una mujercita... —dije—. Pero, dime, tienes una hermana que se llama Celia, ¿verdad?

—¿Una hermana? ¡Qué va! —respondió con una carcajada alegre—. Solo tengo dos hermanos y ninguno se llama Celia, te lo aseguro. Celia soy yo, bobo... ¡Pero si tú ya lo sabes! ¡No te hagas el gracioso!

El estupor inicial se convirtió en conmoción cuando continuó como si tal cosa.

—Venga, Alex, ¿quieres jugar conmigo? —prosiguió—. Este juego se llama *rayuela*. Si no sabes cómo se juega, te puedo enseñar.

Conocía mi nombre y lo pronunció con la misma entonación que recordaba. El sonido *Alex* en sus labios sonaba limpio, transparente, y la «x» final parecía un soplo de aire en un día caluroso. No me cupo la menor duda de que se trataba de ella. ¡No podía creerlo, era una locura! La chiquilla de la anterior vez tenía menos de diez años y solo habían pasado unos meses desde nuestro encuentro. ¿O no? Intenté concentrarme a pesar del alboroto que producían los pequeños que correteaban a nuestro alrededor. Enmudecí una vez más, abrumado. Fue ella la que se decidió a hablar ante mi silencio.

—¡Cuánto has tardado! He estado esperándote mucho tiempo y no venías —dijo con la confianza de quien habla con un conocido—. Eres malo.

—Esto... yo... —Era difícil encontrar palabras para seguir una conversación que se me había ido de las manos desde el comienzo—. ¿Cuánto hace que nos vimos? Has crecido mucho, ¿no es así?

—¡Pues claro que he crecido! La gente crece, ¿no te parece? Ya he cumplido los dieciséis. ¿No crees que estoy alta para mi edad? —Me agarró del brazo, con aquella familiaridad que me mantenía hipnotizado, y me empujó hacia el paseo—. Mira, te voy a perdonar, pero solo si me invitas a un helado de cucurucho.

Miré alrededor. Pensé de nuevo en las consecuencias de acompañar a una niña desconocida. Una jovencita, a decir verdad. ¿Estarían sus padres por los alrededores esta vez?

—¿Estás sola? —pregunté por cerciorarme—. ¿Es que no tienes amigas?

—Bueno, sí y no... —me sonrió pícara.

—¿Qué quieres decir?

—Pues que sí tengo amigas. Muchas y muy pesadas —hizo un gesto de agobio sacando la lengua como si se hubiera atragantado—. Pero he venido sola. Cuando vengo a verte no quiero que me acompañe nadie.

Mientras hablaba dirigía nuestros pasos hacia el puesto de helados que había elegido. Al parecer no le importaba mi gesto de consternación creciente.

—¿Y... tus padres?

—¿Mis padres? —Me soltó y se puso en jarras con una sonrisa— ¡Cómo voy a ir con ellos! ¿No has oído que tengo dieciséis años? Si me ven mis amigas de la mano de mis padres no me vuelven a hablar en la vida.

Sonreí, aceptando que llevaba toda la razón. Luego me dejé empujar hasta el puesto de helados. En él un payaso de nariz colorada con luz intermitente regalaba caramelos a diestro y siniestro, atrayendo el griterío de decenas de críos. Nos costó conseguir el sabor preferido de Celia. En parte por los niños que daban la lata con sus correrías alrededor del hombre de la nariz fluorescente. Pero también porque le costó una eternidad decidirse por «su sabor preferido». Cambió de opinión no menos de media docena de veces entre sus risas y mi gesto de fingido fastidio.

—Es que me los comería todos... —dijo a modo de disculpa.

Mordisqueando el helado se dirigió hasta la barandilla del lago. Yo la seguía sin atreverme a rechistar. Observamos en silencio las barcas bogando de un lado para otro. No sabía qué decir. Me moría por descifrar el misterio de las dos niñas. No podía creer que se tratara de la misma chiquilla que había conocido tan poco tiempo atrás. Por fuerza debía estar tomándome el pelo. Pero, ¿cómo? Era imposible que supiera mi nombre antes de que yo se lo dijera.

—Me apetecería montar en las barcas, pero no me atrevo —rompió ella el silencio con los labios cubiertos de chocolate.

—No me digas, ¿te dan miedo? —pregunté extrañado. La pequeña Celia no se hubiera arredrado por tan poca cosa.

—Sí, ya sé, te extrañas porque antes me gustaba jugar a piratas —sonrió mostrando sus dientes blancos, como pedacitos de leche.

Este recuerdo tampoco podría haberlo adivinado. Nadie más que nosotros podíamos evocarlo. Cada segundo que pasaba me rendía más a la idea de que me hallaba ante la auténtica Celia.

—Es que una vez tuve un accidente —dijo con cara de susto—. Me caí al lago cuando iba a desembarcar. Tragué tanta agua que desde entonces tengo un pánico *fatal* a las barcas.

Acompañó el comentario estirando los brazos para explicar el tamaño del miedo que la embargaba. Me hicieron gracia la palabra «fatal» y el gesto de terror desmesurado y no pude evitar sonreír. Los recuerdos de la pequeña Celia volvían a mí sin necesidad de atraerlos. Pero mi curiosidad era mayor que mi estupor y por fin me decidí a preguntar.

—Oye, Celia —dije—. ¿De verdad eres la niña que estaba en el parque hace unos meses? ¿No me estarás engañando...?

—Pues claro que no, Alex, ¡nunca te engañaría! — Sonreía relamiéndose los labios con la lengua—. Nunca miento a alguien que me invita a un helado.

—Ya, vale... —carraspeé—. Pero es muy extraño que hayas crecido tanto en tan poco tiempo, ¿no crees?

Ignoró mi pregunta. Había acabado con la bola del helado y comenzó a desmigar el cono de galleta. Una vez deshecho por completo, empezó a arrojarlo a puñados al lago.

—Observa —dijo divertida—. Ya verás como en unos segundos aparecen un montón de patos a pelearse por el cucurucho.

En efecto, en unos segundos un coro de graznidos subió de volumen seguido por no menos de cinco o seis palmípedos.

—Mira, ¿qué te dije? —gritaba dando saltos de alegría—. El más blanco se llama Juanito y el que tiene negro el contorno del ojo, Rodolfo.

—¿Les has puesto nombre a los patos? —dije riendo igualmente.

—Pues claro. Mira, ¿ves aquel que se acerca revoloteando? —señaló a un gran ánade que parecía el jefe de la manada—. Ese es Papá Donald. Es el padre de todos los demás.

—¿Y la madre?

—Ésa se llama Daisy, pero casi nunca viene. Lo normal es que esté cuidando de los pequeñajos.

—Los conoces a todos, debes venir mucho por aquí, ¿no?

Volvió a ignorar mis palabras. No parecían gustarle según qué preguntas.

—¿Sabes? —dijo apoyándose en la barandilla, de espaldas al lago—. Cuando sea mayor voy a tener muchos niños.

—¿De veras? ¿Cuántos?

—No lo sé —respondió, pensativa—. Tengo que decidir, puede que cinco niñas y tres niños. Pero a lo mejor tengo otros dos niños, para que estén empatados.

—¿No te parecen muchos?

—¡Qué va! —acompañó sus palabras con una manotada al aire—. A mí me encantan los niños, no como a ti, que no te gustan nada.

—Pero bueno, ¿cómo te atreves a decir eso?

Hice un amago de pellizco y ella echó a correr riendo a carcajadas.

—¡A que no me pillas!

—Espera, no corras —grité, acelerando el paso—. Ya sabes que me canso mucho antes que tú.

—¿Entonces ya no dudas de que sea Celia? —dijo deteniéndose. Su mirada, seria pero irónica, escrutaba la mía—. ¿Te has convencido del todo?

—Por supuesto, chiquilla, ahora estoy seguro de que eres tú.

Sin querer también me había puesto serio. Y no pude reprimir el siguiente comentario.

—Pero no puedo explicarme cómo...

Su rostro se ensombreció y lamenté haber insistido de nuevo.

—Se me hace tarde —dijo, suspirando—. Tengo que irme.

—¿Quieres que te acompañe a casa? —ofrecí, como en el primer encuentro—. La otra vez desapareciste sin decir nada y me dejaste preocupado.

—Ya, lo siento... —Mantenía la mirada baja y daba pataditas a la barandilla—. Pero no puedes venir conmigo ¿Te acuerdas que te lo dije?

—Sí, lo recuerdo, pero...

—Además, necesito que me prometas una cosa —me cortó.

—Claro —dije titubeando—. Puedes pedirme lo que quieras.

La noté apagada por primera vez desde que la conociera —la segunda, en realidad— y pensé que iba a contarme algún problema en relación a su familia, sus amigos, quien sabía, el colegio, tal vez. Levantó la mirada y tomó una de mis manos entre las suyas. Su tacto suave y cálido me causó una punzada de ternura. Mi corazón latía a tanta velocidad que temí que se me escapara del pecho.

—No tengo mucho tiempo para estar contigo y eso me entristece. Necesito que me esperes, ¿lo harás?

—¿Esperarte, a qué te refieres? —Recordé la extraña petición. También la había hecho la primera vez. ¿Qué pretendía decirme? Me moría por una explicación, pero no tuve mucha confianza en poder conseguirla.

Acerté, para mi pesar. Me soltó y en silencio echó a andar. Después de unos pasos se volvió, lanzó un beso con la mano y se alejó, perdiéndose entre la multitud. Al principio a paso lento, después a grandes zancadas, y al final a la carrera. En esta ocasión no se esfumó de forma inesperada, pero su alejamiento fue otra desaparición. Aquella niña tenía la virtud de entrar en mi vida de improviso, para desvanecerse a continuación como por arte de magia.

Volví a casa despacio, sin mucho interés por llegar. El ático, tantos años ansiado, ahora se me antojaba un lugar vacío y silencioso. Los problemas en el trabajo habían cambiado mi forma de percibir los espacios familiares. No obstante, era el extraño sabor que había dejado en mí el misterio de la niña-adolescente Celia lo que multiplicaba la sensación de soledad. La inquietud provocada en esta ocasión no desapareció en una noche, como en la primera. Removió mis entrañas durante largo tiempo como una mala digestión. A partir de aquella tarde, pasaba cada día por la zona del parque donde la había encontrado. Me preguntaba una y otra vez sobre la forma de hablar, de mirar, de comportarse de la chiquilla —no me parecía que fueran las propias de una niña de su edad, igual que ocurrió con la pequeña Celia—, pero no llegaba a ninguna conclusión. Cuando creía encontrar un hilo al que agarrarme, me quedaba en blanco y volvía al punto de partida. Como en una eterna jugada de parchís.

Pero entonces el trabajo volvió a reclamar mi atención.

De forma súbita, mi situación en el despacho cambió. La rueda de la fortuna volvió a darme la cara y coseché un par de éxitos que renovaron la confianza de mis superiores. A principios del invierno había olvidado a Celia —a las dos, en realidad— y sus extravagancias. Trabajaba de nuevo catorce horas al día y no tenía mucho tiempo para otras cosas. La noche de Nochebuena no pegué ojo preparando una propuesta revolucionaria. «Todo un planazo», como apuntó mi amiga Teresa cuando rechacé su invitación a acompañarla en la cena familiar de casa de sus padres, justo antes de colgarme malhumorada.

Para regocijo de mis jefes y el mío propio, mi idea tuvo un éxito sin precedentes y mi vida volvió a la total *normalidad*.

# CAPÍTULO III

*Noviembre de 1983*

Mi tercer encuentro con Celia fue como el primer rayo de sol después de la tormenta. Créame, doctor, si le digo que en esta ocasión lo recibí con el júbilo que se siente ante un regalo completamente inesperado.

Y la vida se me llenó con su magia por unas horas. Ese tipo de magia que genera ilusiones saliendo de la nada, como sale el conejo de una chistera. Por entonces ya había olvidado la existencia de una niña Celia, primero, y una niña-adolescente, más tarde. Durante los últimos meses mi afán se había centrado de forma exclusiva en el trabajo. Había elevado aún más mi cota de éxito profesional y había perdido el norte en lo referente a lo personal.

Veo con claridad, una vez más, el recuerdo de este encuentro, doctor. Como si hubiera ocurrido ayer mismo. Sucedió en una tarde lluviosa y fría. Y aquella noche, tras las horas pasadas junto a ella, llegué a casa con el corazón henchido de felicidad y una excitación que se asemejaba a... ¿amor?, ¿obsesión? «¡Por Dios! —pensaba—, ¡me estoy comportando como un escolar imberbe en una película rosa!». No me importó un ápice, sin embargo.

Aunque en mi mente no conseguía disiparse del todo un velo de duda, decidí dejarme llevar por las emociones. Tras nuestro encuentro, la euforia me embargaba y no iba a dejar que nada la empañara. Había visto de nuevo a Celia y, lo que era más importante, iba a volver a verla a la semana siguiente. No estaba dispuesto a dejarla escapar de mi vida una vez más.

Esa noche la pasé en vela. Al llegar a casa, me serví una copa, puse música en el estéreo y me senté en mi sillón preferido frente al ventanal del salón. Mirar al parque actuaba en mí como un analgésico. Necesitaba tiempo para saborear los acontecimientos de la tarde y tenía toda una madrugada por delante. Veía caer la lluvia sobre los jardines del parque. Un vendaval sacudía los árboles centenarios.

Sorbí un largo trago y dejé volar mi imaginación sobre cada uno de los minutos vividos junto a Celia. Cabe decir que no la encontré yo a ella, sino al revés. Tampoco el escenario fue el de las dos primeras veces.

— o —

Acabé la reunión con un cliente y salía de su oficina cuando descubrí que la fina lluvia que caía unas horas antes se había convertido en una densa cortina de agua. Maldije al hombre del tiempo. Su predicción aseguraba que dejaría de llover a mediodía y que el sol llegaría para quedarse todo el fin de semana. Había planeado volver andando a casa, pero ante semejante aguacero decidí coger un taxi para evitar calarme hasta los huesos. No podía permitirme un resfriado, tenía demasiado trabajo como para quedarme en cama ni tan siquiera unas horas.

Miré a ambos lados de la calle, pero no vi señal de una sola luz verde. Iba a cruzar al otro lado para probar suerte, cuando observé a una muchacha que se acercaba a la carrera.

—¡Alex! —gritó sobre el murmullo del tráfico.

Observé a la joven y me detuve. Supuse que se trataría de otro Alex, ya que no creí conocerla de nada. Sin embargo, ella sí parecía conocerme a mí. Se acercó hasta tomarme del brazo y me dio un ligero beso en un gesto cordial, mejilla contra mejilla, como una vieja amiga.

—¿Dónde te habías metido? Llevo días buscándote... —dijo tras deshacer el abrazo—. Pero estoy empapada, ¿por qué no entramos en algún sitio antes de que agarre una pulmonía?

Su voz me trajo un recuerdo dormido, aunque no me dejé llevar por la emoción que nacía en mi estómago y que amenazaba con subir hacia arriba, presionando el corazón. Me tomó del brazo de nuevo y me empujó hacia una cafetería cercana. Conocía el sitio bien. Marcos, el maître del local, había soportado muchos de mis monólogos de hombre solitario. Acudí a él y, aunque el café se hallaba abarrotado de clientes que huían de la lluvia, conseguí una mesa al lado de la calefacción.

—¿Tienes un pañuelo? Necesito secarme el pelo antes de que empiece a estornudar —dijo después de sentarnos. Su tono era simpático y ligero, su sonrisa alegre y confiada. Todo en sus gestos, sus palabras, denotaba familiaridad.

Le dejé mi pañuelo para que secara su dorado peinado, arruinado por la lluvia. Yo no había abierto la boca hasta entonces. Callaba para no romper el hechizo. Se secó el cabello durante unos largos minutos, retirándolo de su cara mechón a mechón, mientras sus facciones emergían ante mí a cámara lenta.

La imagen que se descubría era la de una joven de algo más de veinte años. Era muy bonita. ¿Digo bonita? ¡Era la muchacha más hermosa que haya visto en mi vida! Pero lo que me mantenía hipnotizado eran sus expresivos ojos azules, inconfundibles, aunque solo los había visto una vez. Dos, en realidad, recapacité. Además, estaba la sonrisa franca y abierta con ese mohín irónico; «los gestos pizpiretos de niña-mujer, cargados de inocencia, como recién estrenados», me dije. Había, además, una nota discordante, aunque familiar, en aquel cuadro. Lucía la muchacha un traje de chaqueta de falda recta bajo una gabardina color beige a la usanza de una moda de otro tiempo. ¿Dónde había visto yo una estampa parecida? Tal vez en alguna película antigua. «¿Cantando bajo la lluvia?», reí en silencio mi propia broma.

Tras unos segundos de espera, no pude reprimirme y la emoción contenida estalló en mis labios:

—¡Celia! ¿¡De verdad eres tú!? —Mi expresión de sorpresa debía ser colosal. Ella mostró la sonrisa pícara que tan bien recordaba y confirmó mi sospecha.

—¡Pues claro que soy yo, tonto! ¿Quién si no...? —su adorable parloteo se lanzó como un torrente—. Pero vuelves a ser malo. ¿Dónde te habías metido? Llevo tiempo buscándote —Su rostro, fingidamente enfurruñado, era todo ternura—. Te he esperado día tras día en nuestro rincón del parque y he dado vueltas por las cercanías, pero tú no aparecías. Era como si se te hubiera tragado la tierra.

—Verás —me disculpé sin saber si había razón para ello—. Últimamente no paso mucho por allí. El trabajo me tiene agobiado y ya sabes...

—Anda, Alex, debes aprender a disfrutar de la vida —me cortó—. Trabajar no lo es todo. ¿No te parece?

—No sé qué decirte... Tienes razón, creo que trabajo demasiado y... bueno...

Hice una pausa. Ella me observaba con ojos de novia y me estremecí. Tal vez era solo una ilusión mía, pero me encantaba sentirlo así. Me perseguía la mirada con la suya, sonreía con cualquiera de mis gestos, de mis palabras... Era la simpatía de la niña que recordaba. Acarició mi mano con su mano de seda como la última vez y un escalofrío me recorrió por entero.

Pero había una campanilla de alarma que no dejaba de sonar. A pesar de la alegría por haberla encontrado de nuevo, el misterio de aquella muchacha volvía a flotar a mi alrededor. Alimentado, como habrá adivinado, doctor, por su nuevo cambio. Celia había vuelto a transformarse en pocos meses. ¿Cómo era esto posible? Aunque lo último que deseaba era incomodarla, tal vez incluso hacerla huir de nuevo, no conseguí detener la pregunta que peleaba por salir.

—Pero... Celia... tú eras una niña..., luego una jovencita. Y ahora... —dije titubeante, como me había ocurrido en el pasado. En este momento, sin embargo, no estaba ante una niña, quizá podría entablar una conversación entre personas adultas si me lo proponía—. ¡Ahora eres toda una mujer! ¿Cómo has conseguido crecer tanto en tan poco tiempo?

Se disponía Celia a decir algo, pero la llegada del camarero la interrumpió. Hicimos el pedido entre risas. Yo pedí solo un café, pero ella se confesó «famélica». Pidió una taza de chocolate, «tamaño doble —comentó con gesto de desfallecimiento— y con mucha nata». Añadió tortitas con sirope de fresa «y un gran vaso de agua, por favor, podría morir de sed», sentenció sin dejar de reír con cada ocurrencia. Intercambiaba miradas cómplices entre el camarero y yo mismo con cada frase. Sin duda era el carácter de Celia: su simpatía, su alegría, su forma de reír por cualquier cosa. En mi imaginación, ella habría sido así de mayor, pensé. En el caso de que me hubiera detenido a imaginarla como la niña

Celia hecha mujer.

—Pues sí, ya soy una señorita —dijo cuando nos quedamos solos—. El mes pasado cumplí veintidós, mis padres me hicieron una fiesta sorpresa y fue la bomba.

Dicho esto, cambió de tercio de forma sutil, mientras un halo de misterio se adueñaba de su mirada.

—Pero no hablemos de mí —continuó—, te aseguro que soy un tema muy aburrido. Háblame de ti. ¿Cómo te va la vida?

No había respondido a mi pregunta, pero asumí empeño inútil seguir insistiendo. Al menos de momento. Respiré profundo y mi estado de ánimo entró en aguas más tranquilas. Me sentí con fuerzas para iniciar una conversación *normal*. Como la que tendrían dos amigos convencionales. Y lo hicimos, comenzando por hablar de fruslerías: del tiempo, de cine, de vacaciones, de libros... Nuestra conversación fluía como si hubiéramos quedado a tomar café todos los días durante años. Había una excepción, no obstante. Su persona, su vida, su familia, eran cotos privados. Cuando pretendía iniciar una frase centrada en ella, se escurría con una sonrisa de ángel-demonio y cambiaba de tema entre bromas. En realidad, no me importaba, y la tarde se nos fue en un suspiro. A lo largo de las horas pedimos nuevas comandas. Algo más ligeras, sin embargo, parecía que su hambre secular había disminuido con la primera dosis de chocolate con tortitas.

Apuraba mi café riendo una de sus últimas chanzas cuando Celia lanzó una pregunta que me descolocó.

—Alex, ¿ya tienes novia?

—¿Cómo...? —La garganta se me secó de golpe y la palabra quedó a medio pronunciar.

—¿Es que no te acuerdas? —rememoró ella—. La primera vez que nos vimos te pregunté si tenías hijos y me dijiste que no. Cuando quise saber por qué no, me respondiste que no podías porque no estabas casado ni tenías novia.

Las palabras de la niña Celia volvieron a mi memoria en tropel. Las había olvidado por completo, pero ahora las recordaba frescas como si las hubiera oído el día anterior. Celia volvía a sorprenderme, aquel recuerdo de su niñez le quedaba muy lejos, aunque para mí fuera tan cercano. Aun así, ella lo había atesorado en su mente.

—Oh, sí, ¡ahora lo recuerdo! —dije, simulando la emoción—. Te empeñaste en que a lo mejor no tenía hijos porque no me gustaban los niños.

—Sí, que inocente era... —se mordió una uña como quitando hierro al asunto, pero su mirada mordaz se clavó en mis pupilas—. Y, dime, después de este tiempo, ¿ya has conseguido que te quiera alguna chica?

Tragué saliva antes de responder. Dos veces.

—Pues... no. Sigo sin tener novia... Yo, bueno...

—¿Y eso por qué? ¿No te gustan las chicas?

El rubor se apoderó de mi rostro. Cuando iba a responder alguna excusa estúpida, Celia lanzó una carcajada que me desarmó.

—Estoy de broma, tonto... —dijo sujetándose la tripa para no partirse de la risa.

Forcé una sonrisa lo mejor que pude.

—De todas formas —prosiguió ella—, deberías buscarte una buena novia que te quiera y que te cuide. Ya no eres un chiquillo, corres el riesgo de hacerte mayor y quedarte solterón.

—Bueno...ya te he dicho... —balbuceé—. Quizá estoy trabajando demasiado y eso no me deja...

—No importa —me interrumpió, aseverando con satisfacción—, creo que es una buena noticia.

—Ah, ¿sí? —vacilé.

Ella volvió a reír y soltó a bocajarro:

—Claro, Alex. Si no tienes novia, entonces estás libre... Y nunca se sabe...

Sus medias palabras me atontaron, en el buen sentido. Un hormigueo me recorrió de pies a cabeza. Me sentía en la gloria con aquel inocente coqueteo de la chica más hermosa del mundo. Me uní a su risa con franqueza y aproveché para colocarle un mechón de pelo huidizo detrás de la oreja. Ella aceptó mi gesto en silencio y luego volvió a reír. En los siguientes minutos, el tema se diluyó, pero la risa y las bromas duraron aún un rato más.

¿Qué puedo añadir para explicar lo que sentía? El papel me limita, doctor, no me resulta fácil describir todas las sensaciones que había acumulado desde que Celia gritara mi nombre en la calle. Me sentía flotar. Estaba disfrutando de la compañía de una persona como no lo había hecho en meses, años quizá. Quería que aquel instante durara una eternidad. Pero la realidad volvió a pillarme desprevenido.

Sin avisar, y con gesto preocupado, Celia miró su reloj. Noté un ligero cambio en su actitud, la conversación menguó en intensidad y presentí que la magia apuntaba a su fin.

—¡Ay, por Dios!, se hace tarde, tengo que marcharme —dijo inquieta, interrumpiendo la conversación como había hecho las veces anteriores antes de desaparecer de mi vida—. Lo he pasado de maravilla contigo, Alex, pero el tiempo pasa deprisa y no me había dado cuenta de la hora que es.

Hizo intención de levantarse, pero antes de que lo consiguiera le tomé las manos. Se volvió a sentar, me miró con ojos apagados y esperó en silencio.

—Celia... Tengo que confesarte que hay algo en ti que no entiendo y me duele —no pude contenerme—. Apareces y desapareces de mi vida sin dejarme una forma de localizarte. Aunque nos hemos visto pocas veces, te has convertido en alguien muy importante para mí. No me importa no saber quién eres. Me da igual no conocer nada de tu vida. Me conformo con saber tu nombre. Pero tienes que permitirme volver a verte... Dime que no vas a irte y desaparecer de nuevo, por favor.

Se mordió el labio y pareció pensarlo un instante. Hubiera dado mi vida por conocer lo que bullía dentro de su cabeza. De forma repentina, la velada tristeza de su mirada mudó a la alegría del comienzo de aquella tarde, y su respuesta me devolvió la esperanza.

—De acuerdo... —dijo—. ¡Veámonos la semana que viene! ¿Qué te parece el sábado próximo, aquí mismo, a la misma hora?

—¡Perfecto! —exclamé con contenida felicidad—. Reservaré la mejor mesa, y luego iremos a pasear o al cine. Te prometo que no te arrepentirás.

Nos incorporamos y, con un movimiento que se me antojó cinematográfico, Celia se puso la gabardina mientras yo pagaba en la barra. Salimos a la calle, ella por delante de mí. La lluvia efectuaba un paréntesis y la luz de las farolas levantaba destellos plateados de los charcos que se habían formado sobre la acera. Se giró, me abrazó y puso su mejilla en la mía con un casto beso de despedida.

Cuán pudorosa había sido nuestra corta relación, me dije. Aunque no podría haber sido de otra forma, teniendo en cuenta que hasta esa tarde solo había conocido a una Celia niña, primero, y a una Celia niña-adolescente a continuación. Ahora veía a una Celia niña-mujer ante mí y fantaseé con la pasión con la que la hubiera abrazado si las circunstancias hubieran sido otras.

—Déjame que te acompañe a casa —lancé a la desesperada—. Es tarde y las calles están solitarias y oscuras.

—Sabes que no es posible —dijo con tono apagado—. Ojalá lo fuera...

Podía haber forzado la situación, pensé más tarde, pero el miedo a perderla por una torpeza ganó la partida.

Se alejó a paso lento. No hubo una huida precipitada, sino que se movió con parsimonia mirando al suelo. Había recorrido un corto trecho, cuando se volvió con las manos en los bolsillos de la gabardina, el bolso colgado del hombro. Tras unos segundos de espera, me espetó en tono quedo, como para que nadie a nuestro alrededor lo oyera:

—Pase lo que pase... prométeme que me esperarás.

Un estremecimiento me paralizó. Temí lo peor, pero me negué a dejar morir la ilusión. Esta vez no la perdería... no sería como las otras. O, al menos, lucharía hasta la última gota de sangre para evitarlo.

—Claro, Celia, por supuesto que te esperaré. Sabes que lo haré... por siempre. —Las últimas palabras fueron solo un susurro, quizá quedaron en mis labios sin atreverse a salir.

Y entonces, al verla alejarse a la luz tenue de las farolas, evoqué una imagen de película en blanco y negro. En ella, el protagonista permanece inmóvil en semioscuridad, encendiendo un cigarro con una cerilla arrugada mientras su chica se aleja entre la niebla.

Otra película de época, pensé mientras me alejaba.

— o —

Como ya le mencioné, doctor, aquella noche no pude dormir. La transité sobre mi sillón favorito, bebiéndome a sorbos lentos cada uno de los segundos del increíble encuentro.

Y a partir de ese día algo cambió dentro de mí. Tenía mucho trabajo, como siempre, pero lo dejaba arrinconado en una zona de mi mente donde no pudiera molestar. Lo único en lo que podía pensar era en la niña-mujer Celia. Hasta ahora había sido inaccesible para mí, por razones obvias. Pero había cambiado. Se había transformado en una bella joven. Podía dejarme llevar por unos sentimientos que antes me eran desconocidos, pero que ahora brotaban de mí de una forma imparable.

Pero, ¿cómo se había producido aquel cambio, una vez más? Intentaba cavilar sobre los misterios que encerraba aquella metamorfosis y siempre concluía que, en realidad, para mí Celia era solo una enigmática desconocida. Y que por mucho que lo intentara, siempre habría un resquicio de ella al que no tendría nunca acceso. Mi razón se empeñaba en ponerme en alerta de forma insistente. Mi corazón luchaba por acallarla. Por fin ganó el corazón. Decidí que todos los misterios del universo se podían ir a hacer puñetas por tan solo un segundo de mi vida en compañía de Celia.

Toda la semana lo pasé de forma parecida. Arrinconé el trabajo y pasaba el tiempo imaginando todas las cosas que le diría a Celia en nuestra próxima cita. Por fortuna, no hubo asuntos urgentes sobre mi mesa, porque lo único que conseguía escribir sobre el papel era su nombre. Mil dibujos de lo que recordaba de su rostro se multiplicaban en las páginas de mis libretas. La obsesión llegó a su clímax el día de nuestra cita. Me levanté temprano y salí a comprar flores y bombones. «Esto ya no se lleva —me dije—, regalar flores es algo de otra época». Pero, ¿no era Celia una muchacha como de otra época? Lo más seguro es que viniera de un lugar lejano, pensaba, y de una clase social ligada a las más ancestrales tradiciones.

Trataba de convencerme de que, lejos de parecer un personaje de novela cursi, aparecería como un caballero refinado y de esa época a la que ella aparentaba pertenecer.

# CAPÍTULO IV

*Diciembre de 1983*

Ni que decir tengo que Celia no apareció aquel sábado. Ni tampoco el siguiente, ni el siguiente. Se iban los sábados uno tras otro y yo la esperaba en vano. Pasaba las horas en la cafetería con mirada taciturna y sorbiendo café tras café. Llegaba temprano por la mañana y cerraba el local cada noche. Un día pedí una copa, que fue el inicio de otras muchas, y la cafeína dio paso al alcohol. En algunas ocasiones, Marcos, el maître, se sentaba a mi lado invitándome a una copa extra y tomándose otra conmigo. Sabía que una tristeza profunda me embargaba, aunque nunca intentó juzgarme. Respetaba mi intimidad como el amigo que lo da todo y no pide nada a cambio. Y al alcohol se unió el tabaco. No había fumado ni bebido hasta entonces, pero las largas horas de espera en aquel café cambiaron muchas de mis costumbres.

Mi existencia entró en un remolino que me arrastró como una montaña rusa en la que solo se va hacia abajo. Dejé de cumplir con mis tareas en el despacho. Me escapaba una y otra vez para ir a esperar a Celia a la cafetería. Otras veces pasaba días enteros recorriendo el gran parque, *nuestro rincón*, había dicho ella, esperando que la magia volviera a aparecer. Más de una vez detuve a alguna joven en la que creí ver su rostro.

Todo inútil.

La desatención que mostraba de mis obligaciones laborales pasó factura. Los clientes empezaron a alejarse de mí y los jefes a hostigarme. A veces llegaba desaliñado y resacoso a la oficina. Se me abrieron expedientes con amenaza de despido. Y pasó lo que tenía que pasar. Una tarde, después de no aparecer por el bufete en tres días, mi superior me esperaba junto a un muchacho no mucho mayor que Celia. Me lo presentó como mi sustituto. Vi en sus ojos el reflejo de la ambición, la misma que había brillado en los míos a su edad. En pocos minutos abandonaba la oficina con una carta de despido en el bolsillo de mi chaqueta y una amarga sensación de fracaso.

El resto de los componentes de mi vida se fueron desmoronando uno tras otro como las fichas de un dominó. El deportivo se lo quedó la empresa ante mi estupor, había llegado a olvidarme de que era suyo. El ático tuve que abandonarlo, su alto alquiler ya no estaba a mi alcance. Busqué algo económico por los alrededores. No quería estar lejos de la zona de influencia de Celia. Al cabo, conseguí un apartamento de un edificio que parecía cercano al derribo, pero próximo al gran parque. Sólo algún mueble, el estéreo y mi colección de discos se salvaron de la quema. El resto lo dejé en el ático de mis sueños con cierta tristeza, por un lado, aunque de liberación por otro.

Empecé subsistiendo gracias a mis ahorros, no gran cosa, pero suficientes para mi nueva situación. A continuación, busqué trabajos esporádicos y poco exigentes que me dejaran tiempo libre para rondar las calles. Mantenía la esperanza de volver a encontrar a Celia. Miraba hacia atrás de forma instantánea si oía llamar a alguien en voz alta o si una cara me recordaba a algún conocido. Los trabajos iban y venían. Camarero, repartidor, jardinero por horas... Cambiaba de forma constante. En algunos me despedían por falta de celo. De otros me iba yo porque me restaban demasiadas horas, tiempo que necesitaba para perseguir la sombra de Celia.

Pasaron los días, las semanas, los meses. Vivía prácticamente en las calles. Iba de aquí para allá, la búsqueda como objeto de mi desventurada existencia, y solo dormía cuando estaba exhausto. Mi aspecto desmejoró en extremo. Mi delgadez ganaba terreno cada día. El alcohol y el tabaco se convirtieron en mi único alimento. Solo me mantenía sobrio en las horas de trabajo, y tampoco siempre en ese caso.

Estoy seguro de que otro en mi lugar hubiera desistido del empeño. Pero yo era tozudo como una mula y no me dejaba vencer. Aun así, llegó un momento en que estaba a punto de rendirme. Había soportado lo insoportable y cada vez era más duro mantenerme cuerdo. Tendría que cumplirse un milagro para encontrar a aquella niña creciente que había dado un vuelco a mi vida hasta destrozarla por completo.

Y, justo cuando decidí que iba a olvidarla para siempre, el milagro se cumplió.

— o —

Sucedió a los dos años de nuestro último encuentro.

Aquel día había ejercido como camarero en una fiesta de empresa. Trabajo sencillo, rápido y paga en el día. Volvía a casa agotado después de doce horas de faena. Subí por las escaleras hasta mi apartamento. El ascensor se hallaba, una vez más, averiado. Atacaba el último tramo cuando me percaté de que había una figura parada delante de la puerta. La tenue luz de la bombilla apenas iluminaba el descansillo, por lo que la silueta en la penumbra me sobrecogió. Intentaba acostumbrarme a la semioscuridad, cuando tuve la certeza de que la aparición no me era desconocida.

Vestía un abrigo de paño —anticuado— que bailaba en los tobillos sobre unos zapatos de tacón alto. Portaba una maleta en la mano derecha, mientras la izquierda permanecía en uno de los bolsillos del abrigo. El bolso le colgaba del hombro de aquella manera en que recordaba. Al verme aparecer, levantó la mano libre con un movimiento reflejo y se arregló el cabello en un acto de coquetería. Me fijé en el peinado —también pasado de moda— que asemejaba al de las imágenes de jóvenes de muchas décadas atrás.

Sin duda se trataba de Celia.

No titubeé. Me lancé a la carrera saltando los escalones de tres en tres. Al llegar a su altura la miré un segundo a los ojos antes de abrazarla con desesperación. ¡Dios cómo la abracé! La estrechaba con todas mis fuerzas, pegaba mi mejilla contra su pelo, olía su perfume hasta emborracharme... y lloraba como un niño. Sentía las lágrimas resbalar, pero me negué a retenerlas. Cualquier resto de orgullo había huido de mí hacía tiempo. Hubo un breve instante en que temí que mi actitud pudiera asustarla. Pero sus brazos se enroscaron en mi cuello y su abrazo se hizo tan apasionado como el mío. Sus lágrimas se unieron a las mías en silencio. Compartíamos el sufrimiento de los últimos meses.

Permanecimos abrazados un tiempo que se me antojó eterno. Al cabo, recordé que el descansillo no parecía el mejor lugar para estrecharla y me separé de ella. Cogiéndola de la mano la invité a entrar en casa. Recordé que mi modesto apartamento no era el sitio adecuado para recibirla. Me disculpé por ello. Celia, sin embargo, no parecía reparar en el entorno. Me miraba a los ojos y sonreía y sollozaba de forma intermitente. Dejé la maleta en un rincón y miré su bello rostro. Observé que ya no era la joven de veintipocos años de nuestro anterior encuentro, sino una mujer rondando la treintena. El resto de sus rasgos eran, sin embargo, los mismos que recordaba.

—Celia, estás aquí de nuevo... —dije al fin—. No sabes cómo te he echado de menos. Te busqué por todas partes y creí morir cuando pensé que te había perdido para siempre. ¿Por qué no viniste a nuestra cita?

—Me fue imposible —respondió con los ojos húmedos—. No sabes cuánto lo he lamentado.

—Me rompiste el corazón.

—Espero que puedas perdonarme algún día —susurró—. Porque ahora he venido para quedarme, te lo prometo.

—¿Quedarte... para siempre? —No pude disimular la emoción—. ¿Es eso cierto?

—Sí, es para siempre, te lo prometo. —Señaló la maleta—. He traído mis cosas. No son muchas, pero es todo lo que necesito.

Me mordí los labios sin atreverme a reformular la eterna pregunta. Ésta parecía la causa de que Celia se desvaneciera en el aire cada vez. Sabía que no debía dejarla escapar y, sin embargo, me moría por saber. Al final, la curiosidad venció.

—Pero... has vuelto a crecer varios años en unos meses... —dije—. No logro entender cómo ha podido ocurrir de nuevo. ¿Por qué nunca has querido revelarme tu secreto?

La misma niebla de nuestros anteriores encuentros ensombreció su mirada.

—Me quedaré contigo, Alex, pero hay una cosa que tenemos que evitar. —Sonreía. A pesar de sus palabras, quería demostrar que no le enfadaba mi cuestión. Pero el velo en sus ojos y el tono de voz me hicieron comprender que hablaba en serio—. No debes hacerme preguntas que no puedo responder... Lo único que puedo decirte es que acabo de cumplir los treinta y uno.

Asentí con la cabeza, ¿qué otra cosa podía hacer? Volví a abrazarla durante largos minutos. Ninguno dijo nada. Sobraban las palabras. A continuación, tomé su rostro entre mis manos y la besé con suavidad en los labios, tan solo un roce. Ella correspondió a mi beso y se acurrucó sobre mi hombro.

Habíamos sellado un pacto de silencio.

# CAPÍTULO V

*Noviembre de 1985*

Se instaló en mi apartamento. Sólo tenía una habitación y yo era un caballero, por lo que ella se adueñó de mi cama y yo me instalé en el sillón de la salita de estar. Sé que este tipo de convencionalismos ya no se llevan, doctor. Por Dios, estamos en los años ochenta, no en los cincuenta. Pero cuando planificamos el inicio de nuestra vida en común, Celia demostró un pudor arcaico. Acepté su timidez y me ajusté a sus reservas. Admito que tuve que revisitar algunas películas antiguas para acomodar mis modales al trato con una dama de otra época. De esta manera nos adaptamos en pocos días sin mayor contratiempo.

A partir de entonces mi espíritu se iluminó después de meses de oscuridad. Abandoné la bebida y arrojé el último paquete de tabaco a la basura. Me despedí de mis peores excesos con una facilidad asombrosa, como si nunca los hubiera adquirido y sin asomo de síndrome de abstinencia.

Una nueva rutina se instaló en mi vida —en nuestra vida, para ser exactos. Había buscado una nueva labor: pasante en un modesto despacho de abogados. Un trabajo sin pretensiones, pero más apropiado en nuestra situación, ya que no me restaba tanto tiempo como mi antigua profesión, permitiéndonos compartir las horas sobrantes. Salía todas las mañanas a mis tareas, volvía a casa por las tardes y Celia siempre estaba allí, cosa que llegué a dudar al principio. Para entonces, había dedicado ella la jornada a resolver los quehaceres de la casa y me esperaba preparada para el paseo diario. Los fines de semana aprovechábamos las horas de ocio para recorrer nuestros rincones del parque y otras zonas del centro. Se mostraba Celia ansiosa por descubrir espacios nuevos y rebuscaba entre las revistas que compraba en el quiosco de debajo de casa, encontrando siempre algún rincón que desentrañar.

Nos tomábamos del brazo, como dos enamorados, y recorríamos las rutas de los comercios, las cafeterías, los parques, los bulevares, los museos... No había lugar que le pareciera aburrido ni sitio al que no quisiera volver por enésima vez. Éramos, como digo, una pareja de novios... a la antigua. Nunca cruzamos la barrera de una casta relación. A los seis meses desde su regreso podía contar los besos con poco más que los dedos de una mano. Cuando en alguna ocasión una caricia amenazaba con ir más allá, sonaba en mi mente una alarma. Me separaba con alguna excusa al notar su azoramiento y ella agradecía mi gesto.

Aunque pasaban las semanas y nuestra relación se afianzaba, a todas luces le faltaba algo. Mediaban los años ochenta y la situación era del todo anacrónica.

— o —

Corrió el calendario y, como en un suspiro, llegó un nuevo marzo. A ninguno se nos escapó la relevancia de aquellas fechas. Se cumplían cuatro años desde nuestro primer encuentro. Tras un desapacible invierno, el primer fin de semana del mes amaneció con un sol radiante, anuncio de la primavera que se avecinaba.

Nos llamó la renovada luz y nos echamos a la calle con apremio. Sin premeditarlo, nos encontramos en los paseos del gran parque madrileño. Caminamos cogidos de la mano entre el tumulto de visitantes que ya abarrotaban el entorno. Sin prisa y sin destino concreto.

Al llegar al lago, el corretear de unos niños atrajo nuestra atención. Se abalanzaban sobre un payaso saltarín junto a un kiosco de chucherías. Agitaba éste una banderola y repartía caramelos entre los chiquillos con grandes risas. Se lo hice notar a Celia y me apretó la mano con emoción. Era *nuestro* payaso. Y ella lo recordaba tan bien como yo. Me embargó la ilusión. Toda mi historia alrededor de Celia, tan irreal, por un lado, iba dejando huellas en nuestra memoria que conformaban una vida en común. A veces me asaltaban aquellas viejas dudas con las que comenzó nuestra relación. Pero el transcurso de los días las iba apagando con sutileza.

Propuse a Celia que se sentara en un banco a la sombra y compré unas chucherías que compartimos con grandes risas, peleando cada uno por conseguir las mejores piezas.

De repente, cayó en un mutismo insólito en ella y me miró con fijeza. El reflejo del sol en sus ojos la obligaba a parpadear. Reí pensando en una nueva ocurrencia de chiquilla. Sin embargo, aquella mirada me trajo recuerdos amargos y esperé sus palabras con recelo.

—Alex, he estado pensando y creo que no es justo que estemos así... —dijo titubeando.

—¿Así...? ¿Cómo? —pregunté inquieto.

Un escalofrío me recorrió la espalda. ¿No habían comenzado así las anteriores separaciones? Creí adivinar sus siguientes palabras y mi corazón se detuvo un instante. Me quedé como congelado, sin saber qué decir. Celia suspiró antes de continuar. Cuando lo hizo, fingía un enfurruñamiento de su estilo, haciendo énfasis en que yo siempre andaba en babia en lo relativo a nuestros asuntos de pareja.

—Sé que sufres con nuestra situación —aseguró resuelta—. Tenemos que ponerle una solución definitiva.

—Celia... —tragué saliva, no estaba seguro de lo que pasaba por su cabeza—. No sé a qué te refieres, yo estoy perfectamente. ¿Acaso tú no lo estás?

—Oh, claro que estoy bien, Alex, pero sé que tú necesitas tenerme más... *cerca* —Ese «más cerca» sonó extraño, aunque no amenazador, así que preferí esperar—. Te propongo algo: ¡casémonos!

Me quedé atónito. No podía creerlo. Ni en cien años hubiera adivinado lo que acababa de oír. La mujer a la que amaba como a nadie en el mundo me proponía una auténtica locura. Una maravillosa locura. Era la propuesta más extraordinaria que me habían hecho en toda mi vida. Ella interpretó mi silencio como duda y trató de explicarse.

—¡Hagámoslo! ¡Cambiemos nuestra relación! —dijo emocionada—. Más que eso: ¡cambiemos nuestra vida por completo! Casémonos y vayamos a vivir a otra parte. Busquemos un lugar maravilloso y comencemos de nuevo. Tengo unos pequeños ahorros que nos servirán.

—Pero, chiquilla... —conseguí balbucear—. ¿Dónde podríamos ir?

—¿Y eso qué importa? Da igual donde vayamos, el mundo es muy grande. Todo estará bien si estamos juntos...

Se había puesto en pie. Yo la miraba desde abajo con la boca abierta. Dudaba si se habría vuelto loca. Pero ella se mostraba tan segura y eufórica que acabó contagiándome. Brotaban de sus labios ideas como un torrente y las acompañaba de grandes gestos con sus manos. Quería abarcar el mundo con ellas y todo le parecía poco. Tailandia. La India.  Australia. Daba igual... ¡El mundo podía ser nuestro!

De pronto se calmó y me tomó de las manos. La abracé con emoción. Me miraba de esa forma en que solo ella sabía mirar. Su mirada tenía una gran fuerza. Mucho más que fuerza: tenía ese ímpetu sin freno que hace girar al mundo. Y, por si esto fuera poco, su pícara sonrisa me disparó al centro del corazón.

En ese momento supe que, aunque me propusiera las mayores locuras del universo, no podría decirle que no.

# CAPÍTULO VI

*Junio de 1986*

Acepté, doctor, por supuesto. Y nuestra vida se precipitó como a cámara rápida.

Se encargó Celia de todos los preparativos. Hubo papeleos en los que tuvo que dedicarse a fondo. Partidas de nacimiento, libros familiares... Ese tipo de documentos que se necesitan en estos casos. Cuando preguntaba, ella cambiaba de tercio. «Para qué te voy a aburrir con trámites fastidiosos— solía decir con morritos de niña buena— bastante tienes con ese trabajo tuyo, tan soso y aburrido». Ahora comprendo que sus excusas trataban de ocultar el misterio que la envolvía.

Pero entonces no tuve dudas. ¿De qué podía dudar? Todo era de color de rosa. Por las noches concebíamos planes extravagantes, echando a volar nuestra imaginación. Más bien la suya, ahora me doy cuenta. Viajaríamos aquí o allá, nos casaríamos de esta forma o de esta otra, en esa iglesia o en aquella... Por el día volvíamos a la realidad y tocábamos el suelo. Y, como no podía ser de otra manera, cundió la cordura y decidimos casarnos por lo civil. No renunciábamos a la gran boda soñada por ambos, con vestido de cola blanco, pajes y cientos de invitados, pero lo aplazábamos por el momento. Esto nos permitiría acelerar la unión, manteniéndola a la vez en la más absoluta discreción. El viaje de novios lo haríamos a algún lugar de Asturias. Celia conocía pueblos maravillosos cerca del mar. Buscaría una casa rural coqueta que fuera asequible para nuestros ahorros. Y, lo que demostró más sensatez, el destino para emprender una nueva vida no lo decidiríamos hasta nuestra vuelta de la luna de miel.

— o —

Nos casamos en un caluroso día de junio. La ceremonia fue un acto discreto como habíamos planeado. Lucimos atuendos sencillos. Ella, un conjunto de chaqueta azul marino con falda recta; yo, un traje gris con corbata burdeos, adornada la solapa con flores recogidas en un parque que nos pillaba de paso hacia el juzgado.

Era la mañana de un viernes. Día cumbre de bodas en el juzgado. Había por ello multitud de parejas. Llegamos sobre las once y nos otorgaron el quinto puesto en la lista de espera. Nos acomodamos en un banco, sin prisas, entre los murmullos de la gente que sonreía a los flases de las cámaras.

Un simpático fotógrafo iba de un lado para el otro buscando clientela. Al observarnos sin otra compañía vio la oportunidad. Éramos presas fáciles. Nos ofreció «un conjunto de fotos de alto *estandis*» por un precio sin *competensia. Intastáneas* dignas de un museo. No habíamos previsto el detalle de las fotos —o, tal vez, Celia quiso *olvidarse* de ellas— y al principio dudamos. A mí me pareció una idea genial. ¿Cómo no tener recuerdos de un día tan especial? Celia se mostraba reticente, sin embargo, y el hombre tuvo que emplearse a fondo.

—Ya verán *ustede* lo bonito que salen. ¡Y qué es una boda sin fotos, *mi arma*!

El hombre no cejaba en su empeño, por más que ella

pusiera mil excusas.

—*Ademá*, yo les hago las fotos y *ustede* las tienen en media hora. ¡Todo un *recor*!

Al cabo, y con mi ayuda, consiguió romper sus reservas. Pasamos a una salita de paredes blancas y efectuó tres encuadres con ligeros cambios de posición. El rebelado elegido tendría un tamaño adecuado para colgarlas de la pared. «El mejor cuadro para una habitación de matrimonio», en opinión del fotógrafo. El resultado fue el comprometido: antes de pasar ante el juez, nos entregó las espléndidas fotografías dentro de un sobre color canela.

La sobria ceremonia no duró más de quince minutos. El propio fotógrafo y un secretario firmaron como testigos. Salimos del juzgado justo a la hora de comer. Habíamos reservado mesa en la cafetería de nuestro tercer encuentro. El banquete fue exuberante, lejos de nuestra costumbre. Y el resto de la tarde se nos escurrió paseando por las calles. Ninguno de los dos tenía prisa. Parecíamos reacios a volver a casa. Notaba a Celia apurada y yo estaba dispuesto a esperar.

Aquella fue la noche más feliz de mi vida. Y Celia me confesó por la mañana que también lo había sido para ella.

—Aunque una cama tan estrecha no haya contribuido a que fuera la más cómoda, precisamente —protestó entre risas.

— o —

Iniciamos la luna de miel al día siguiente. No necesitábamos grandes preparativos. Todo había quedado a punto con varios días de antelación. Disponíamos de dos maletas pequeñas, pero suficientes para la semana que pasaríamos cerca del mar. Para el viaje habíamos contratado un coche de alquiler.

El trayecto transcurrió sin contratiempos, aunque llevaba meses sin conducir. Ofrecí a Celia coger el volante, pero ella se excusó con expresión de terror. Aseguró sonriendo que en toda su vida se atrevería a conducir una de aquellas *máquinas infernales*. Saboreé la metáfora y preferí no adentrarme en el origen de su aversión, que parecía genuina. En lugar de ello, reí su ocurrencia y ella me regaló un beso.

Atardecía cuando llegamos al antiguo palacete al borde de un acantilado en el que se ubicaba el parador en que pasaríamos una semana. Había reservado mi esposa una coqueta suite en aquel hotel situado en las afueras de un pueblecito de la costa asturiana. Usted sabe, doctor, de qué pueblo le hablo. Según comentó Celia, había pasado allí unos días varios años atrás y se trataba de un lugar de lo más acogedor. Y estuve totalmente de acuerdo con ella. Desde el balcón de la habitación la vista era francamente relajante. Por el oeste se divisaba el verdor de las montañas, pobladas de una arboleda que cubría hasta más allá del horizonte. Por el norte, en franco contraste, se oía rugir el mar con el constante azote de las olas contra el acantilado que bordeaba el camino de subida desde el pueblo.

Al pasar por la localidad, habíamos observado que se hallaba en fiestas. El tiempo era espléndido e invitaba a diversión, así que decidimos visitar el lugar tras acomodarnos. La plaza principal se hallaba abarrotada por banderas y guirnaldas que colgaban de cuerdas que saltaban de tejado en tejado. Recuerdo también carteles que mencionaban el motivo de la fiesta, un santo cuyo nombre no memoricé, patrón de la villa. Una orquesta popular se preparaba para protagonizar la sesión de música de la noche tras el espectáculo pirotécnico de rigor.

Cenamos mezclados con el gentío en la terraza de una vetusta sidrería de la plaza. No pudimos evitar el interés de los paisanos al observar a dos forasteros. Cuando mencionábamos que estábamos en viaje de novios, nos agasajaban con guirnaldas y nos invitaban a un nuevo trago. Temíamos acabar achispados, así que nos excusábamos todo el tiempo. Pero su amabilidad era tan espontánea que en algún caso tuvimos que rendirnos a ella.

Gentes buenas, doctor, se lo puedo asegurar. Muy simpáticas y acogedoras. Daría media vida por haber prestado mayor atención a aquellas personas. ¿Cómo podía imaginar entonces que las iba a necesitar tanto?

El baile empezó por fin. Algunos mozos casaderos, y otros no tanto, invitaron a bailar a mi reciente esposa sin que yo pudiera oponerme. La mirada de «¿y qué puedo hacer?» de Celia me arrancaba sonrisas. Yo, por mi parte, tuve que conformarme con bailar con alguna viejecita. No parecen muy abundantes las mozas casaderas por estos lares, recuerdo que comentamos más tarde esa noche.

Con todo, la velada fue mágica y yo no me cansaba de oírla reír. Su risa era contagiosa. Todo el mundo lo apreciaba y ella se dejaba querer. Pensaba, según pasaba bailando a mi lado, en todas las Celias que habitaban en ella: la *niña*, la *niña-adolescente*, la *niña-mujer*. Y, por fin, la *niña-esposa*. Era como una borrachera de felicidad, un sueño del que no quería despertar.

Los siguientes días pasaron como continuación de ese sueño y nunca podré olvidarlos. Visitamos todos los lugares de los alrededores que el tiempo nos permitió. Conocimos aldeas recónditas donde parecía no haber llegado la civilización. Corrimos por playas limpias, sobre una arena blanca y suave. Bajamos por caminos secretos del acantilado que nos habían revelado los empleados del hotelito. A pesar del frío del Cantábrico, nos bañamos en sus aguas nerviosas en diversas ocasiones. A penas nos cruzamos con paisanos del lugar u otros vacacionistas adelantados a la temporada alta. Era como estar solos en mitad del paraíso.

Por las noches, en el balconcito de la suite, con la música del mar como fondo, volvíamos a soñar con nuestros planes de futuro. Las ideas se sucedían, una tras otra, ganando en excentricidad con el paso de los días. Llegamos incluso a bromear con la idea de fijar nuestra residencia en algún lugar de aquel entorno idílico. Tal vez en un pueblo cercano y algo mayor yo podría ejercer mi profesión. «Al fin y al cabo, tú sigues siendo un *picapleitos* colegiado», decía mi esposa. Celia, por su parte, confesó que sabía coser. «¿Qué te parece montar un atelier en nuestra propia casa?», reía ella antes de pasar a la siguiente ocurrencia.

Al cabo, entre locura y locura, la semana concluyó. Todo era mágico, pero el sortilegio estaba condenado a diluirse como lo hacen los sueños.

— o —

Al contrario que la semana anterior, el día de la partida amaneció plomizo y lluvioso. «Más acorde con estos pagos», nos confesó la recepcionista del hotel. Salimos de buena mañana, pues nos esperaba un largo viaje. Planeábamos, además, parar en alguna localidad por la que pasáramos, incansables de conocer nuevos lugares.

Cargamos nuestras pertenencias en el vehículo alquilado. Nos despedimos de los empleados del hotelito, tan amables como sus paisanos del pueblo, y salimos al camino.

El sendero de bajada corría paralelo al acantilado. Lo conocíamos de días anteriores. Lo habíamos recorrido varias veces en la última semana. Pero entonces el tiempo era espléndido y la visibilidad perfecta. Ahora se mostraba sinuoso y amenazador como una serpiente. La cortina de lluvia y la niebla convertían el trayecto en casi una odisea. El coche patinaba de cuando en cuando y el corazón se nos aceleraba. Charlábamos recordando los días pasados para disimular la inquietud. Con poco éxito, debo confesar.

De repente divisé algo que se movía frente a nosotros. Al principio era una figura borrosa, irreconocible. Cuando me di cuenta de que se trataba de una motocicleta que se nos echaba encima, ya era tarde. El choque era inevitable. Blasfemé angustiado y di un golpe de volante. El barro de la carretera y la escasa visibilidad hicieron el resto. El coche rodó montaña abajo, golpeándose con todo lo que encontraba a su paso. El mundo giraba sin control al compás de nuestros gritos. Lo último que recuerdo fue un gran estruendo, como una explosión, antes de que la oscuridad me envolviera.

# CAPÍTULO VII

*Julio de 1986*

Cuando abrí los ojos, encontré a una joven enfermera a los pies de mi cama. Me dio la bienvenida con una sonrisa y se interesó por mi estado. Me sentía fatal, murmuré sin dudar. Pregunté qué había pasado y dónde me encontraba. La muchacha me anunció que estaba en una clínica de Gijón. Había permanecido inconsciente durante casi un mes por un accidente y debía descansar. Apenas tuve fuerzas para preguntar por Celia, pero al final lo conseguí. No pareció entender la pregunta y se excusó, prometiéndome que el médico responsable de mi tratamiento pasaría a reconocerme al día siguiente y que él respondería a todas mis preguntas.

Cuando usted llegó, doctor Santos, me explicó que había sido afortunado al escapar de una muerte segura. Unos jóvenes habían dado la voz de alarma. «Unos minutos más y usted y yo no estaríamos hablando ahora», me aseguró. Debieron ser los chicos de la motocicleta a la que casi atropello, pensé. No me extenderé en los detalles, usted ya los conoce, pero prefiero reflejarlos en el papel para que no se pierdan en mi memoria.

Me extrañó que no me hablara de Celia, por lo que pregunté por ella con cautela, temiendo lo peor.

—¿A qué Celia se refiere? —respondió usted sorprendido.

—Celia es mi esposa. Estamos recién casados, pasamos la luna de miel en un hotel cercano al lugar del accidente... —titubeé.

—No entiendo —replicó con extrañeza—. Usted ingresó solo en el hospital. No hubo nadie más. Lo recuerdo bien. Ese día me hallaba de guardia. Yo mismo tramité su ingreso.

—No puede ser... —susurré con impotencia—. Tiene que haber un error... mi esposa y yo viajábamos juntos. Ella tiene que estar en alguna parte, no puede haber desaparecido.

Ante mi insistencia, casi violenta, tomó usted el teléfono de la mesilla e hizo un par de llamadas. Tras ellas, comentó que un agente municipal vendría a visitarme en unas horas con toda la información acerca de lo ocurrido. El agente, una joven de uniforme, apareció aquella tarde portando una carpeta con lo que supuse eran los documentos oficiales del suceso.

—Buenas tardes —saludó—. Soy la agente Soto. Creo que hay un malentendido sobre su siniestro.

—En efecto —respondí—. Me han dicho que me trajeron solo a este hospital, pero en realidad yo viajaba con mi esposa.

—Debe de haber un error... —Su tono de voz era suave, como la de quien tranquiliza a un niño después de una pesadilla—. Conozco el expediente de primera mano, estuve en el lugar de los hechos. Usted se hallaba solo en el vehículo siniestrado. No había ninguna otra persona en su interior y así consta en el atestado.

—Pero... —mi desesperación iba en aumento—. Entonces me temo que es aún peor. Puede que mi esposa saliera despedida del coche y que aún se encuentre malherida por la zona. Si fue así, con el tiempo transcurrido, podría estar muerta. ¡Tienen que buscarla, por favor!

—Cálmese, señor Salas. Le aseguro que lo que usted dice no es posible —siguió explicando—. Tras el accidente, todas las puertas del vehículo se hallaban atascadas, y los cristales intactos. Los agentes que le rescataron del vehículo tuvieron que romper el parabrisas para excarcelarle a usted. Les fue imposible forzar las puertas debido a su deformación por los impactos recibidos. El maletero se encontraba hundido hacia dentro. Solo con una sierra eléctrica pudimos abrirlo. Nadie pudo salir del coche antes de que nosotros llegáramos.

—No es posible... —Mi voz se quebró; la sensación de que *sí era posible* me invadió—. No puede estar ocurriendo otra vez, no, por favor...

La agente rebuscó en su carpeta y extrajo un sobre color canela que me tendió.

—En el vehículo solo encontramos una maleta con ropa y este sobre que contiene tres fotos. Dos de ellas están casi destruidas por el agua. La tercera está en mejor estado, aunque algo deteriorada. Lamento que se mojaran, pero el sobre debió caer al suelo al sacarle a usted y permaneció bastante tiempo bajo la lluvia hasta que lo encontramos.

—¿Solo había una maleta? —pregunté tomando el sobre—. Tendría que haber dos.

—Lo siento, solo había una, como le digo. Yo misma la extraje del coche y era la única del maletero. En los asientos traseros no había ningún objeto, tampoco. —Cerró la carpeta y me tendió la mano—. Ahora debo irme. Por si me necesita para algo más, aquí le dejo mi tarjeta.

Esperé a que saliera de la habitación y abrí el sobre. Miré la foto que aún no se había perdido del todo. En ella se veía a una mujer que en su momento había sido una Celia sonriente, aunque ahora era casi irreconocible. A su lado, aparecía un hombre con traje gris y una flor en la solapa. Aquel hombre tenía que ser yo, por fuerza. La foto era la que el simpático fotógrafo del juzgado nos había tomado el día de la boda. Mi cara, sin embargo, se veía tan borrosa que cualquier parecido conmigo se antojaba imposible de sostener.

Comencé a sollozar desesperadamente.

— o —

Mi mundo se desmoronó. Luché con todas mis fuerzas. Seguramente usted, doctor, recuerda que le solicité ayuda en más de una ocasión. Pero solo conseguí obtener la versión de la policía: *nadie, excepto yo, se encontraba en aquel coche cuando los agentes me sacaron de él.*

Todo indicaba que tendría que volver a casa en soledad. Cuando recibí el alta unos días después, sin embargo, decidí que no podía irme sin más. Hubiera sido como abandonar a Celia a un lado de la carretera. La estaría traicionando. Forjé un plan para buscarla y lo puse en marcha de inmediato.

Alquilé un nuevo vehículo y visité el pueblo donde habíamos festejado la noche de la llegada. Entré en el único bar de la plaza. Rememoré la sidrería donde cenamos, pero el local actual no se le parecía en nada. La sidrería tenía el aspecto de típica taberna de otro tiempo, añeja y acogedora, con columnas de madera y techos altos con estanterías gruesas que sostenían grandes vasijas repletas de licor de manzana en fermentación. El bar en el que me hallaba ahora era frío y sin estilo, todo plástico y aluminio, más cercano a un McDonalds que a una tradicional bodega asturiana. El antiguo local despedía un olor fuerte a sidra y a queso de cabra; el bar de ahora olía a vino barato y aceite quemado.

Aproveché para comer algo ligero mientras intentaba identificar a alguien de los que habían bailado con nosotros durante la fiesta. Me extrañó, sin embargo, no reconocer ni un solo rostro. Tras una hora de observar a la gente que entraba y salía del local no hallé ni traza de las caras jubilosas de aquella noche. En su lugar, semblantes adustos y aburridos.

Tras la comida, me dirigí hacia el hotel del acantilado. La carretera subía sinuosa y amenazadora, tal como la recordaba. Quizá influía mi estado de ánimo, pero su aspecto aparecía desaliñado, con grandes baches que no recordaba. En algunos tramos la vegetación había asaltado la mitad de la calzada. Tuve que hacer filigranas para no volver a caer por la ladera de la montaña. Al final del camino divisé el palacete y aceleré. Al acercarme, una sensación de abandono me invadió. El mismo abandono que cubría el que unas semanas atrás había sido un bucólico hotel rural. La puerta de entrada al recinto se encontraba herrumbrosa, apenas colgando de uno solo de sus goznes. Se mecía con el viento y emitía un chirrido de tanto en tanto, como un lamento. Bajé del vehículo y pasé al interior. La angustia apretaba mis pulmones, haciéndome difícil la respiración. Lo que antes fuera un gran patio con espléndidos jardines se había convertido en un erial. El terreno aparecía seco y sin trazas de vegetación en algunas partes. En otras, había desaparecido bajo una selva sin control. Y lo peor era el edificio. En la mayoría de las ventanas habían colocado maderas transversales para sellarlas. El resto, mostraba una oquedad oscura y silenciosa. En todas, los cristales eran tan solo un recuerdo. Una boca mellada por el paso del tiempo, pensé. Mucho tiempo. Era obvio que el edificio no había estado habitado desde hacía décadas.

Su dejadez era tal que amenazaba con venirse abajo.

Me apoyé en la puerta y vomité la comida que acababa de ingerir.

¿Cómo describir la angustia que sentí, doctor? ¡Lo que veía era imposible! Yo había vivido allí un sueño con Celia menos de dos meses atrás. Un *sueño*... ¿Habría sido en realidad solo un sueño? Porque parecía tratarse más bien de una pesadilla.

La peor pesadilla de mi vida.

Bajé al pueblo con el alma quebrada y me alojé en una sencilla pensión. Los días siguientes me dediqué en cuerpo y alma a la búsqueda de Celia. Tomé la única fotografía aprovechable y salí a la calle dispuesto a luchar. «Una vez más», me dije con desesperación. Iba de casa en casa mostrando la imagen por si recordaban a la mujer que aparecía en ella. Aprovechaba para preguntar por el recuerdo de dos forasteros el día de las fiestas del patrón. Solo recibía respuestas negativas. Al final de cada jornada, volvía a la habitación solitaria con la esperanza más desgastada que la anterior.

Con el paso de los días la gente venía a mí, en lugar de al revés. Fijé mi centro de operaciones en el bar de la plaza y mostraba la foto a cualquiera que se acercase a preguntar. Nada. Nadie tenía ni idea de quién era el borroso rostro femenino que aparecía en la fotografía. De las fiestas del pueblo ninguno recordaba una música de orquesta desde años atrás. Los nuevos tiempos habían sustituido a los músicos por radiocasetes conectados a altavoces portátiles.

A punto estaba de abandonar, cuando una tarde entró en el local una joven que sujetaba de un brazo a un anciano que apenas se tenía sobre su bastón. La sonrisa desdentada del hombre, sin embargo, mostraba una inusual lucidez. «Es Ramón, mi abuelo —dijo la muchacha—. Ha cumplido los noventa, pero su vista y su memoria están en un estado que ya quisieran muchos, ya le digo. Se ha empeñado en venir, se muere por conocerle a usted. Ya sabe, se ha convertido en la comidilla del pueblo, no hay muchas diversiones por aquí que digamos.»

No confié demasiado en el anciano Ramón, que no paraba de sonreír con un único diente que miraba al cielo con enhiesta firmeza. Pero tampoco perdía nada por mostrarle la foto. Me dio un abrazo y se sentó frente a mí con la ayuda de la joven. Tomó la imagen con las dos manos. Sus dedos callosos la apretaban con esmero, como incitándola a hablar. La miró ensimismado durante largos segundos, esforzando sus diminutos ojos. A punto estaba de retirarle la fotografía, cuando dio un respingo.

—¡En efecto, recuerdo a esta mujer! —Su grito me removió en la silla—. Vaya si la recuerdo, que me aspen si me equivoco....

La voz del vejete sonaba con una fuerza inusitada para un cuerpo tan arrugado que amenazaba con derrumbarse a cada respiración.

—Pasó por el pueblo con su marido —continuó sin vacilación—. Eran recién casados, ¿sabe? Yo entonces trabajaba como jardinero en el hotelito del acantilado.

Levantó la cabeza y pude ver la nostalgia bailando en su mirada. Por un momento pensé que me observaba a mí con sus ojillos semicerrados, pero enseguida comprendí que miraba a algún lugar dentro de su memoria.

—Pero, Ramón... —dije carraspeando—. Eso debió ser hace muchos años.

—En efecto, muchos años, hijo. ¡Corrían los cincuenta, fíjate si hace! —Le cayó un hilo de saliva por la barbilla que su nieta se apresuró a limpiar—. Pero su cara no podré olvidarla hasta el día en que me lleve Dios o el diablo. Vaya si la recuerdo... Era una persona distinguida, sí señor... Y muy guapa. Se llamaba Celia... *no-se-qué*, el apellido no lo recuerdo. Y nunca podré olvidarla por el fin trágico que tuvo, la pobre.

—¿Fin trágico? —murmuré.

—Sí, joven, un fin terrible. —Abrió los ojos de forma exagerada y acercó su cara hasta quedarse a un palmo de la mía. Luego habló en un susurro, como quien cuenta un secreto—: Murió en un accidente de automóvil junto a su marido. Cayeron por un terraplén a pocos kilómetros de aquí, por el camino del acantilado. A ella la encontraron muerta en el coche. A él no llegaron a localizarlo nunca. Se pensó que habría salido despedido del vehículo y caído al mar. El caso es que su cuerpo nunca apareció.

Según decía estas palabras Ramón con su voz gastada, el bar comenzó a girar a mi alrededor. Más tarde supe que caí al suelo desmadejado como una marioneta a la que hubieran cortado los hilos.

# CAPÍTULO VIII

*Septiembre de 1986*

Alex escrutaba al doctor Santos mientras éste leía concentrado el puñado de páginas escritas con caligrafía nerviosa. De tanto en tanto miraba la fotografía sobre la mesa del médico. Ésta mostraba a una familia sonriente. Dos niños, chico y chica, aparecían abrazados por el propio doctor y una mujer de mediana edad. La mujer e hijos de Santos, supuso. Tras una hora larga de lectura, el médico dejó el escrito sobre la mesa y se masajeó los ojos bajo las gafas.

—Espero que no le haya aburrido mi relato —dijo Alex removiéndose en la silla. Durante todo el tiempo había permanecido sentado sin pestañear ante el escritorio del médico. Le inquietaba no saber si su historia habría resultado demasiado larga... o tal vez demasiado corta. Quizá debería haberse limitado a describir los hechos y no dejarse llevar por la literatura con que creía haber adornado el escrito. Pero Santos le había recomendado que volcara en él sus sentimientos, no solo las acciones. Sentía que solo la opinión del doctor le permitiría saber a qué atenerse—. Confío en que la historia que he escrito se parezca a lo que usted esperaba. Quizá tenga razón y se trate de una buena terapia para superar la angustia que me oprime. No estoy loco doctor, se lo aseguro. ¡Celia existió! Yo la vi crecer ante mis ojos y al final estuvimos juntos hasta el día del accidente.

La cara de escepticismo del doctor no auguraba buenas noticias, sin embargo. Éste se quitó las gafas y se acarició el puente de la nariz, pensativo.

—Ya sé que le cuesta creerme. A pesar de que le he enseñado la foto de nuestra boda un millar de veces... —Se adelantó Alex, curándose en salud.

—Entiéndame —interrumpió Santos—. No es que no quiera creerle, pero debe admitir que se trata de una historia extraordinaria. Asegura que la mujer de esa fotografía es su esposa y que el hombre es usted en el día de su boda. —Su tono era condescendiente.

Se levantó el médico del sillón y se acercó a la única ventana del despacho. Observó callado el paisaje del otro lado de la calle, la patilla de las gafas bailando entre sus dientes. Una fina lluvia lloraba sobre los cristales.

—Sin embargo —continuó—, nadie la recuerda, a excepción de un anciano que la relaciona con otra persona que vivió y murió hace varias décadas... Y en cuanto al hombre, no se le ve muy bien, pero diría que no se parece en nada a usted.

—La cara no se distingue, lo reconozco —se defendió Alex—, pero el traje es el mismo que vestí ese día. Y la flor en la solapa coincide con la que corté en un parque cercano al juzgado donde nos casamos.

El médico se dio la vuelta y le miró con gesto serio.

—No he visto, por otro lado, que en su escrito mencione a su familia en gran detalle —siguió argumentando—. Habla de dos hermanas y una madre. Un padre, ya fallecido, también se vislumbra. ¿Cómo tomó su familia que entablara una relación con una persona de la que no se les permitía conocer casi nada? Me refiero, claro está, a su mutismo para hablar de sí misma, de sus orígenes, de su propia familia.

Alex carraspeó antes de responder.

—En realidad no hay nada que explicar al respecto. Mi familia no llegó a conocerla.

El doctor arrugó el entrecejo.

—¿Quiere decir que la mantuvo oculta para ellos? ¿Que nunca se la presentó?

—Eso es.

—¿Y ella qué opinaba? ¿No se sentía apartada?

—No... en realidad fue ella la que impuso esa condición.

—¿La condición de no ser presentada a nadie? ¿Y a usted no le extrañó ese comportamiento?

—Sí, claro que me extrañaba. —Alex retorcía las manos—. Pero lo he explicado en varias partes del escrito. Celia era muy extraña, introvertida... No me permitió entrar en su vida. Al principio dudé, pero al final tuve que aceptarla así. Era como ella quería que fuese o simplemente *no era*.

—Así que procuraba mantenerse oculta de todos y de todo.

—Dicho así no suena muy bien, pero...

—Como un fantasma —sentenció el médico y Alex sintió erizarse el vello de sus brazos.

Bajó la mirada al suelo, desconsolado. El resultado de aquella entrevista no era el que esperaba, debía haberlo previsto. Se encontraba agotado mentalmente. Deseaba que aquel interrogatorio terminara. Pero al mismo tiempo necesitaba la ayuda del doctor, por lo que estaba en sus manos. Santos, sin embargo, no parecía haber concluido sus indagaciones.

—Dígame, Alex —prosiguió el médico tras un silencio corto—. ¿Supo su familia de sus problemas con el trabajo, el alcohol, la casa? ¿Les dijo en algún momento que su vida había cambiado, que ya no era la misma de antes?

—Sí, lo hice… aunque no de forma tan abierta.

—¿No les extrañó que ya no mantuviera su lujoso piso?

—Omití ese detalle —respondió Alex—. En realidad, en esa época nos veíamos muy poco. Y solo cuando yo visitaba a mi madre o mis hermanas.

—¿Les tenía prohibido visitarle en su casa?

—No, por Dios, no me malinterprete —replicó Alex removiéndose en la silla—. Era normalmente así. Incluso cuando mantenía mi alto tren de vida era yo quien solía visitarlas a ellas. Vivían… quiero decir… Viven en las afueras de Madrid. Aunque las distancias en la capital no son un problema, ya que estamos acostumbrados a ellas, al final la pereza nos vence y pasa tiempo sin que coincidamos. Nos solemos encontrar en la casa familiar, la de mi madre. Lo normal es que nos juntemos en celebraciones… Como Navidad, algún cumpleaños, cosas así. Es raro que nos visitemos en la casa de mis hermanas o en la mía.

Santos se mesó la barba antes de continuar.

—¿Diría que hace mucho tiempo que no las visita?

Un nudo en el estómago de Alex crecía por momentos y le cortaba la respiración.

—Puede… puede que varios meses. Algún año, tal vez.

—Ya veo —replicó suspirando.

Guardó silencio el médico mientras pasaba las hojas del escrito, que aún se encontraba sobre su lado de la mesa. Al cabo de unos segundos volvió a habar.

—Me dijo que su mujer se llamaba Celia… —levantó la vista rebuscando en su memoria—. ¿Salomi?

—Eso es, Celia Salomi.

—¿Y su segundo apellido?

Alex puso cara de desconcierto y el médico se mesó de nuevo la barba, sorprendido.

—¿No me dirá que tampoco conoce su segundo apellido?

Alex negó con la cabeza.

—Vale, vale, no se lo preguntó... —masculló agitando una mano con cansancio—. El miedo a perderla y todo eso, ya me lo ha dicho. Pero, ¿es que ni siquiera leyó la documentación de su supuesta boda? ¿Dónde está, puedo verla? Al menos, el libro de familia, supongo que tenían que llevarlo encima, se lo pedirían en el hotel, ¿me equivoco?

—No, no se equivoca, doctor. Pero ya... no está... —casi sollozó Alex—. Se perdió en el accidente.

—¿Bromea? —Santos levantó la voz— ¿Cómo pudo perderse? Su maleta salió intacta del coche según la policía.

Alex se mordió el labio y suspiró.

—Todos los papeles viajaban en una carpeta... dentro de la maleta de Celia.

—Perdone que se lo diga, pero cada vez entiendo menos esta maldita historia.

Alex presintió que el médico quería dar por finalizada la conversación, que su insistencia le robaba demasiado tiempo. Cuando le volvieron a ingresar en el hospital, después de perder el conocimiento en el bar, el doctor le había atendido de nuevo y se había ocupado de su salud física y mental. Pero el asunto había llegado demasiado lejos. Alex se enrocaba en lo que el médico creía una postura descabellada y la situación debía estar llevándole a su límite de paciencia.

—Aceptaré su opinión, doctor. Por cruda que sea.

Pero necesito oírla.

El mutismo del médico duró aún unos segundos más.

—Verá... —habló por fin colocándose las gafas y meditando cada palabra—. No soy especialista en psiquiatría, pero creo que usted encontró la fotografía y el resto de la historia la ha creado su mente. Tal vez la imagen se encontraba en la lujosa casa donde vivía cuando sufrió los problemas de ansiedad por los que estuvo en tratamiento, el ático del que habla en su escrito. Fue quizá el estrés por el exceso de trabajo lo que le llevó a lo que yo creo que se trata de algún tipo de... paranoia. Tal vez los mismos medicamentos que tomó para la depresión. Pero no soy un experto, insisto, creo que debería usted acudir a uno lo antes posible.

Alex suspiró y pareció rendirse.

—Yo mismo puedo recomendarle a un colega —finalizó Santos—. Le aseguro que podrá tratarle con la atención que necesita.

—No es necesario, doctor —replicó Alex, la mirada perdida en las baldosas del despacho—. No quiero molestarle más. Le estoy muy agradecido por todo su apoyo. Pero es hora de volver a casa.

La conversación terminó en aquel mismo instante. El médico le ofreció quedarse un par de días más en el hospital, pero Alex insistió en marcharse lo antes posible. Su estancia allí solo podría contribuir a incrementar la angustia que le embargaba.

A las pocas horas recibió el alta médica y abandonó el centro.

# EPÍLOGO

Tras un largo viaje en autobús, Alex entraba en Madrid en una noche tormentosa y sin luna. Observó con nostalgia las calles que no veía desde que había salido de viaje un soleado día de junio. A pesar de que solo habían trascurrido unas semanas, parecían haber sido años, y éstos pesaban como montañas sobre sus hombros. Cuán diferente fue la ida, pensaba. Entonces era el hombre más feliz de la tierra en compañía de Celia, y ahora era una sombra triste y solitaria. Lo sentía así con el corazón, aunque con la razón ya se había resignado. Aceptaba lo que todos afirmaban, que sus recuerdos eran inciertos. Que, en realidad, solo eran producto de una ilusión creada por su mente. La ansiedad producida por el trabajo excesivo había desembocado en algún tipo de paranoia que le había llevado a crear un mundo particular. Un mundo habitado por la muchacha más hermosa que hubiera existido jamás.

Cuando se apeó del autobús, escudriñó en sus bolsillos a la búsqueda de sus últimas monedas. Sus ahorros se habían esfumado, junto con su vida, pero aún le quedaba para un último taxi. En unos minutos se halló frente al portal de su casa. Miró al edificio bajo la lluvia y le asaltó un pánico que le costó controlar. Tentado estuvo de correr en dirección contraria, pero el cansancio ganó la partida.

El ascensor se encontraba estropeado una vez más. Estaba de nuevo en casa, no cabía duda. A duras penas subió las escaleras. Ya en el descansillo, apoyó la cabeza sobre la puerta del piso antes de empujar las llaves en la cerradura. Al cruzar el umbral, la soledad de un hogar vacío, sin alma, le golpeó. Abandonó la bolsa de viaje en un rincón y buscó en el mueble bar. Encontró una botella con cuatro dedos de un licor ambarino flotando en su interior. Eran los restos del naufragio de su historia con Celia, la muchacha que nunca existió.

Bebió el alcohol apoyado en el ventanal del salón. A lo lejos se adivinaba, más que se veía, el parque madrileño. El aire golpeaba sus árboles y la lluvia lavaba sus paseos. En una noche como aquella era muy improbable que algún fantasma recorriera sus caminos buscándole.

Pasó largo tiempo antes de que el cansancio fuera insufrible, pero al fin éste le venció. Apenas había dormido en las dos semanas anteriores. Tomó un somnífero del botiquín, lo tragó con el último sorbo de la botella y trastabillando se dirigió al dormitorio.

Al encender la luz, un espectáculo sorprendente se mostró ante él.

No podía dar crédito a lo que veía. Aquello, sin embargo, no dejaba lugar a dudas: el conjunto azul que Celia había lucido en la boda descansaba sobre la cama, congelado en el tiempo, como esperando la vuelta de su antigua dueña. Parecía que hubiera sido extendido allí para evitar que se arrugara. Y allí permanecía a la espera, formando una estampa de familiar normalidad. Los zapatos de tacón estrenados aquel mismo día asomaban por debajo de la cama. En el armario, varios vestidos femeninos colgaban de sendas perchas y en los cajones de la cómoda se alineaba adormecida la lencería femenina que tan bien recordaba.

Un estremecimiento de angustia y de esperanza le recorrió por entero. Clavó las rodillas al borde de la cama y rozó la tela del vestido con las manos. Permaneció toda la noche petrificado, en vela, con los ojos anegados en lágrimas. Un halo denso inundaba la habitación, mezclando el dulce perfume de Celia con un mensaje que flotaba en el ambiente. Una petición velada que insinuaba: *No te rindas, Alex, no te dejes vencer, porque volveré. Hazlo de nuevo, por favor... Espérame.*

**FIN**

www.ingramcontent.com/pod-product-compliance
Lightning Source LLC
Chambersburg PA
CBHW020327180726
47991CB00019B/1010